SEGELMANN

Die 65jährige verwitwete Barbara kehrt von einer sechswöchigen Südostasien-Rundreise zurück und stellt fest, dass sich entgegen ihrer Hoffnung im heimischen Alltag nichts verändert hat. Sie fühlt sich genauso einsam wie vorher und da ihre finanziellen Mittel knapp und die sozialen Bezüge eher schmal sind, befürchtet sie, in ihrer Wohnung zurückgezogen in Banalität und Gleichförmigkeit zu versinken. Resigniert nimmt sie alte Gewohnheiten wieder auf und erst als sie Zeugin einer Auseinandersetzung zwischen einer Marktfrau und einem älteren Herrn wird, reflektiert sie ihre düstere Sicht auf die Zukunft und weiß, dass sie nicht das einfältige Leben ihres engstirnigen Freundes teilen möchte. Sie will ihre Lebensgeister spüren und Lust leben.

Inge Kleinschmidt. Geboren in Döhren/Weser, kleinbäuerliche Landwirtschaft, erste Land-WG, Studium Sozialpädagogik und Soziologie, Erprobung alternativer Lebensformen, Arbeit und Leben im Kollektiv, eigenes Damenschuhgeschäft, Zweitstudium Literaturwissenschaft und Philosophie, zwei Ehen, eine Scheidung, 2011 Roman „Frauenschuh", 2016 Roman „Tochter dazwischen". Inge Kleinschmidt lebt und arbeitet in Nordhorn, Grafschaft Bentheim.

Inge Kleinschmidt

Herbst.Blüten.bewegen

Roman

Bibliografische Information der Deutschen Nationalbibliothek
Die Deutsche Nationalbibliothek verzeichnet diese Publikation in der
Deutschen Nationalbibliografie; detaillierte bibliografische Daten
sind im Internet über http://dnb.d-nb.de abrufbar.

1. Auflage 2019
Copyright 2019 by Segelmann
Herstellung und Verlag BoD – Books on Demand, Norderstedt
Alle Rechte vorbehalten
Umschlag- und Einbandgestaltung Dieter Hansmann
Printed in Germany

ISBN: 9783749479887

Inge Kleinschmidt

Herbst.Blüten.bewegen

Erschöpft vom stundenlangen Dämmern und Dösen schob ich vorsichtig die Sonnenblende hoch und blickte in den hellen Morgenhimmel. Nun dauerte es nicht mehr lange bis zur Landung. Meine mittlerweile steifen Gliedmaßen ließen sich in der Enge schwerlich strecken. Nach und nach versuchte ich die Füße, die Beine, die Arme, Hände und Finger zu dehnen, dann rollte ich so gut es ging die Schultern und brachte Bewegung in meinen Nacken. Nie wieder würde ich einen Langstreckenflug unternehmen, nie wieder stundenlang wach stillsitzen. Im Flugzeug konnte ich einfach nicht schlafen.

Meine Sitznachbarin, eine junge Thailänderin, schlief beneidenswert tief und wachte nur kurz für ein Getränk oder zum Essen auf. Ihr kindlicher Körper passte nicht zu dem stark geschminkten Gesicht, dem europäisch geschminkten Gesicht. Eingangs hatte sie erwähnt, vom Besuch ihrer Familie im Isaan zu ihrem Ehemann nach Dortmund zurückzukehren. Vermutlich handelte es sich um eine dieser typischen Ehen zwischen einer jungen Asiatin und einem älteren europäischen Mann. Bangkok war voll von solchen Paarkonstellationen. Dass die Familien selbst die Töchter zum Geldverdienen in die Metropole des Sextourismus schickten, war für mich unvorstellbar. Bei der Fahrt durch den Isaan hatte der deutsche Reiseführer spöttisch auf die blauen Verbundziegeldächer hingewiesen, die sich diejenigen Familien leisten konnten, die von ein oder zwei in Bangkok arbeitenden Töchtern versorgt wurden. Zahlreiche blaue Dächer hatte ich in den Dörfern gesehen.

Die Beleuchtung im Flugzeug wurde wieder eingeschaltet, eine Stewardess kam durch den Gang. Sie wirkte ausgeruht und verteilte lächelnd mit einer langen Metallzange weiße, feuchtheiße Tücher an die Passagiere. Ich wischte mein Gesicht ab und erinnerte mich, wie vor einigen Jahrzehnten Stewardess ein Traumberuf gewesen war. Heute waren es Servicekräfte in der Luft, die stets zu lächeln hatten. Mit ihrem zuvorkommenden und freundlichen Auftreten relativierte sich manche negative Erscheinung wie die Enge, die grässlichen Toiletten, das verpackte Essen. Ihr tätiges Bemühen um das Wohlergehen eines jeden Passagiers ließ selbst das trockene Frühstücksbrötchen schmackhaft werden.

Die Thailänderin wachte auf, nahm die Tasse Tee in ihre zierlichen Hände, schlürfte und lächelte mich an: „Gut, gut." Bestätigend lächelte ich zurück. Im Laufe der sechswöchigen Rundreise entwickelte ich Misstrauen gegenüber der asiatischen Freundlichkeit. Das Lächeln wie das Aneinanderlegen der Handflächen empfand ich als Automatismus. In den Geschäften und auf den Märkten wurde bei uns Touristen die ursprüngliche

Begrüßungsgeste gegenseitiger Höflichkeit als Kaufmotivation instrumentalisiert.

Die inzwischen mit Überwurfschürzen bekleideten Stewardessen sammelten die Verpackungen mit Frühstücksresten ein. Dann ertönten Durchsagen zur baldigen Landung in Düsseldorf, zum Wetter und ein Dank vom Kapitän.

Mit meiner kleinen Kosmetiktasche machte ich mich auf den Weg zur Toilette. Mir fielen die derangierten Frisuren, besonders die zerzausten Hinterköpfe der meisten Passagiere ins Auge. Sicherlich sah ich nicht anders aus. Beim Öffnen der Toilettentür strömte mir ein strenger Geruch entgegen. Dazu wirkte nach zehn Stunden Flug jedes Detail der Toilette wenig einladend. Ich verbrauchte Unmengen Papier, um die Brille auszulegen und bemühte mich, möglichst nichts zu berühren. Mit den äußersten Zeigefingerspitzen stützte ich mich an der klebrigen Kabinenwand ab. Meine Zähne putzte ich so gut es ging und kämmte meine Haare, zuletzt schminkte ich die Lippen. Danach war ich froh, diesen Gang hinter mir zu haben. Auf dem Weg zurück blickte ich in die müden und teilnahmslosen Gesichter der Passagiere, viele hatten die Augen geschlossen, andere schauten durch mich hindurch.

„Bald da", nickte die Thailänderin und ließ mich zu meinem Fensterplatz durch.

„Holt Ihr Mann Sie ab?", fragte ich. An und für sich war mir gleichgültig, wer sie abholte. Gern hätte ich gewusst, ob meine Vermutung stimmte und der Ehemann ein alter

Mann war, den sie in Bangkok kennengelernt hatte, ob er sie gut behandelte, ob sie glücklich war, doch derlei Fragen überschritten die Grenze der Höflichkeit.

„Ja, holt ab, freut sich, ich zurück. Sie holt ab Mann?", fragte sie und fingerte nebenbei an ihrem Handy.

„Nein! Mein Mann ist gestorben, tot, eine Freundin holt mich ab."

Die Thailänderin lächelte kopfnickend, sie schien sich zu freuen. Ich bezweifelte, verstanden worden zu sein, aber sah von weiteren Erklärungen ab. Es war einerlei, ob sie wusste, dass mein Mann gestorben war.

Kurz vor der Landung wechselte die träge Flugzeugatmosphäre in Unruhe. Die Passagiere redeten miteinander, richteten die Haare, versuchten sich zu strecken, sammelten ihre Dinge ein und jeder zeigte Erleichterung, die vielen Stunden in weniger als zwei Kubikmeter Freiraum überstanden zu haben. Sowie das Flugzeug die Parkposition einnahm, entstand Gedränge und Gewühl um die Handgepäckfächer.

Obwohl ich keine Eile hatte, reihte ich mich ein und lief inmitten der anderen Passagiere zum Gepäckband, wartete ungeduldig, peilte die eintreffenden Koffer an und zerrte meinen vom Band, packte ihn am Griff und verließ durch die sich automatisch öffnenden Türen den internen Flughafenbereich in die Ankunftshalle.

„Huh, huh", hörte ich Brigitte und sah mich um, „huh, huh."

Die helle Stimme war unverkennbar. Sofort entdeckte ich sie, wir umarmten uns, ich freute mich: „Schön, dass du da bist und vielen Dank, dass du mich abholst!"

„Ich danke dem lieben Gott, dass du heil zurück bist. Tag und Nacht habe ich an dich gedacht und gehofft, eher gebetet, dass dir nichts passiert. Keine Nachrichtensendung habe ich ausgelassen", sagte sie und beobachtete aus den Augenwinkeln die asiatischen Passagiere, die von ihren Familien hörbar freudig in Empfang genommen wurden. „Hong, hong, hong. Unglaublich diese kleinen Wichtel. Mit deinem einen Meter zweiundsiebzig wirkst du wie ein Riese, wie ein ungelenkes Monster. Mein Gott", schüttelte sie un-gläubig den Kopf, „sei froh, wieder unter deinesgleichen zu sein."

Ich wusste nicht, ob ich froh oder traurig war. Mir stiegen Tränen in die Augen.

„Komm her, ich sehe, es war schlimm", zog Brigitte mich an sich heran, „du wolltest ja nicht hören. Freu dich, dass du in deinem Alter unbeschadet zurück bist. Hier kommt niemand über fünfzig aus dem Flieger und du fliegst mit fünfundsechzig Jahren allein in die Wildnis. Gott sei Dank, du bist wieder hier und vergisst alles ganz schnell."

Brigittes Resolutheit machte mir Angst. Keineswegs wollte ich meine Eindrücke von sechs Wochen Asien vergessen, sechs Wochen Lebenszeit vergaß man nicht einfach.

Auf der Heimfahrt berichtete ich aus Laos, aus Thailand und spürte an Brigittes Entsetzen, nicht die treffenden

Worte zur Schilderung des dortigen Lebens gefunden zu haben.

„Wie, sie lausen sich auf den Märkten zwischen Obst und Gemüse? Igitt", empörte sie sich.

„Im Grunde genommen verbringen sie ihr Leben auf dem Markt, der Marktstand ist ihr zweites Zuhause, sie sind zufrieden, lachen und erzählen. Oft übernachtet die Familie unter ihrem Stand und am nächsten Morgen machen sie sich frisch und das Leben geht weiter", berichtete ich.

„Mein Gott, wie schrecklich, dann stinken sie bestimmt." Obwohl Brigitte das Auto lenkte, machte sie Gebärden des Ekels: „Keinen Tag hätte ich es ertragen."

„Niemand stinkt, sie riechen wie wir, wie alle Menschen", bemühte ich mich um Verständnis für die Thailänder und Laoten in ihren beschwerlichen Lebensbedingungen, wenngleich ich mich selbst oft vor dem unhygienischen Umgang mit Lebensmitteln geekelt hatte.

Nach zwei Stunden Fahrt erreichten wir meine Wohnung. „Ich werde mich melden, sobald ich wach bin, erst einmal herzlichen Dank, dass du mich abgeholt hast", verabschiedete ich mich von Brigitte.

2

Die Wohnung war warm, Brigitte hatte die Heizung angestellt. Ich fröstelte, stellte den Koffer ab und sah mich um. Alles stand an seinem Platz, überall war es sauber. Etliche Male hatte ich mir in den letzten zwei Wochen diesen Moment meiner Rückkehr vorgestellt und herbeigewünscht, nun fühlte ich mich unbehaglich, verschwitzt, zu schmuddelig für meine Wohnung.

Vier Briefe lagen chronologisch angeordnet auf dem Tisch. Ich öffnete sie, zwei Angebote der Telekom, eine Einladung zur Krebsvorsorge und die neuen Termine für Yogakurse. Vier kümmerliche Briefe innerhalb von sechs Wochen. Vor einer Reise klebte ich die Mitteilung „Keine Werbung bitte" an den Briefkasten. In der übrigen Zeit nahm ich Werbung an, so hatte ich immerhin die Illusion, Post zu erhalten.

In meinen Ohren rauschte es, der Kopf dröhnte. Den Koffer brachte ich in das kleine Gästezimmer, nahm Zigaretten aus der Handtasche, ging durch das Wohnzimmer, schob den Vorhang zur Seite und betrat den Balkon. Nach sechs Wochen stand ich wieder hier und alles war unverändert. Die schnatternden Enten im Wassergarten waren vermutlich auch dieselben wie vor meiner Reise. Ich betrachtete die gegenüberliegenden Häuser, die menschenleeren Balkone, die von Gardinen verhangenen Fenster. Hatten Nachbarn mich vermisst? Höchstwahrscheinlich war niemandem aufgefallen, dass ich eine Weile nicht zu Hause war. Ich bin wieder da, sagte ich leise und kehrte zurück in die Wohnung.

Mir war kalt, innerlich kalt, ich schlotterte. Vielleicht hatte ich Angst vor der Totenstille in meinem Zuhause. Nach Wochen in pausenloser Gesellschaft verschiedener Menschen bedrohte sie mich regelrecht. In den verschiedenen Reisegruppen war ich oft die älteste gewesen, dennoch hatte ich mich integriert gefühlt und von morgens bis abends, bis nachts geredet, gefragt, gelacht. Innerhalb von zwölf Stunden war ich jetzt in mein vorheriges Alleinsein zurückgeworfen und zum Platzen voll mit Reiseeindrücken. Vor seinem Tod hatte wenigstens Roland, trotz Alkoholpegel, auf mich gewartet, nicht nur nach einer Reise, täglich, wenn ich aus dem Kindergarten kam. Selbst betrunken hatte er wissen wollen, wie es mir ergangen war.

„Alles blöd!", stieß ich aus und begann laut mit ihm zu reden, „ach Roland, jetzt bilde ich mir ein, dass das Leben mit dir besser war. Dabei war ich sehr einsam, bloß habe ich es nicht gemerkt. Gefreut hast du dich immer, sobald ich nach Hause kam. Nach Hause zu kommen war schön."

Die Erinnerung an die schreckliche Rückkehr aus New York korrigierte unmittelbar meinen verklärten Blick. Roland hatte gekocht und wir aßen zusammen, während ich meine Eindrücke präsentierte. Als er nach der zweiten geleerten Flasche Rotwein eine dritte geholt hatte, war ich wütend geworden und hatte ihn angeschrien, falls er sich zu Tode saufen wollte, dann sollte er es endlich tun, ohne mich weiterhin zu quälen. Daraufhin war er mit der dritten Flasche Rotwein in sein Zimmer verschwunden. Damals hatte ich oft an Trennung gedacht, aber nie einen Schritt in dieser Hinsicht unternommen.

„Mein versäumtes Leben", heulte ich, die Tränen galten weniger dem Verlust von Roland als meiner Einsamkeit.

Trotz völliger Erschöpfung vom Flug fand ich im Bett keine Ruhe, ein Gedanke jagte den nächsten. Wie lange hatte ich mir die Thailand-Laos-Rundreise gewünscht und wie froh war ich gewesen bei der Vorstellung, in den Zentren des Buddhismus ruhig und gelassen zu werden, um anschließend glücklich zurückzukehren? Und? Nichts hatte sich verändert. Ich fühlte mich wie vorher. Schlimmer noch, nun bestand nicht einmal mehr die Aussicht auf ein anderes Lebensgefühl. Keine Hoffnung. Aus der Traum. Ab jetzt hieß es für mich, in der Wohnung hocken und aufs Sterben warten. Grandiose Perspektive.

Das eigene Leben annehmen, lehrte die Yogalehrerin. Konnte ich ein solches Leben annehmen? Müsste ich nicht erst mein Leben daraus machen? Aber wie?

Die in Staub und Schmutz lebenden Bergvölker in Thailand und die Monk in Laos kannten höchstwahrscheinlich keine derartigen Probleme. In den Dörfern am Mekong schienen die Familien zufrieden. Gelassen lagen Alte, Junge und Kinder zusammen auf dünnen Matten auf einem großen Holzgestell. Jeder ging seinen eigenen Bedürfnissen nach, lausen, Nägel schneiden, Zähne reinigen, dösen, erzählen. Meist saß das eine oder andere Huhn mit auf dem Gestell. Die Atmosphäre schien trotz der Ruhe lebendig, ohne laut zu sein. Eine beneidenswerte Idylle.

Inmitten einer Familie wäre ich sicherlich auch glücklich. Froh über meine Rückkehr und gespannt auf meine Erlebnisse hätte man mich vom Flughafen abgeholt. Was phantasierte ich mir zusammen? Ich hatte keine Familie, keinen Mann, keine Kinder, keine Eltern mehr, dafür eine Schwester, die wenig liebenswert war.

Sterben musste ich allein. Würde überhaupt jemand meinen Tod betrauern? Eventuell Brigitte und meine Schwester. Eine Grabstelle brauchte ich nicht. Wer sollte zu mir kommen? Weitgehend anonym gelebt, dann anonym begraben und schnell vergessen. So war es eben, wenn man keine Kinder hatte. Einfach vergessen, aus den Augen, aus dem Sinn. Tante Anni war mit einem Wellensittich, Butschi, alt geworden, der kurz vor ihr starb. Vielleicht sollte ich mir einen Wellensittich holen, angeblich sprachen Wellensittiche. Ich könnte ebenso einen Hund nehmen, Katzen mochte ich nicht. Ein Tier würde mich nach meinem Tod möglicherweise vermissen. Ein Tier!

Wehmütig dachte ich an unseren geliebten Berner Sennenhund, Moritz. Sechs Jahre hatte er mir das Leben mit Rolands Saufereien erträglicher gemacht, dann starb der Hund, Krebs. Rotz und Wasser hatte ich geheult. Über Rolands Tod war ich zuerst wie betäubt gewesen. Später weinte ich, nicht ausschließlich um ihn, auch um meine vergangene von ihm aufgezehrte Zeit, um meine verlorene Lebenszeit.

Bin ich doch eingeschlafen, wachte ich am frühen Abend auf und nahm sofort das Rauschen im Ohr wahr. Druck auf die Gehörgänge veränderte nichts, das Rauschen blieb.

Brigitte hatte Lebensmittel in den Kühlschrank gestellt, Butter, Marmelade, Käse, ein Päckchen Brot. Sie war eine zuverlässige Freundin. Als ich Tee kochte und ein Brot aß, hatte ich das Gefühl, alles aus einer entfernten Perspektive wahrzunehmen.

Im kleinen Zimmer öffnete ich den Koffer. Muffiger Geruch stieg mir in die Nase. Der Muff aus Bangkok, schnüffelte ich und prompt standen vor meinen geistigen Augen die jungen Frauen in den schmuddeligen roten Minikleidern, die sich in den Lokalen nahe des Hotels in der Sukhumvit Road an ältere Männer heranmachten. Trotz ihres jugendlichen Alters hatten sie sich wie erfahrene Bardamen gebärdet. Was reizte einen älteren Mann an einer jungen Frau, mit der er nur eingeschränkt verbal kommunizieren konnte? War es ausschließlich der zierliche, eher kindliche Körper?

Sextouristen widerten mich an, eklig. Viele ältere Männer, oft mit roten Köpfen, waren durch die Straße gelaufen, hatten mit den Augen die Körper der jungen Geschöpfe taxiert, um für sich ein passendes auszuwählen.

Anfangs war ich voller Mitgefühl für die Frauen gewesen, nach kurzer Zeit erkannte ich jedoch ihren geschäftlichen Eifer im Umgang mit potentiellen Kunden und darüber hinaus die Überheblichkeit gegenüber uns älteren Europäerinnen. In ihren Blicken befand sich der sichere Trumpf der Jugendlichkeit.

3

An meinem ersten Morgen zu Hause wachte ich früh auf und begann den Tag mit Yoga, wie regelmäßig vor meiner Reise. Den Tagesbeginn anders zu gestalten, kam mir nicht in den Sinn.

Der Schneidersitz fiel mir wie immer schwer, da ich seit Jahren mit wenigstens acht Kilogramm Übergewicht kämpfte. Ich mochte für mein Leben gern Kekse und legitimierte jeden einzelnen Keks als köstlichen Faltenfüller. Auch die Sonnengrüße waren nach sechs Wochen Passivität ausgesprochen anstrengend. Durchhalten ließ mich die Erinnerung an das wohle Körpergefühl danach.

Hinterher kochte ich Tee, schlurfte in der Wohnung umher, räumte meinen Koffer weitgehend leer, betrachtete die bunten Tücher aus Laos, suchte im Wohnraum einen Platz für die gekaufte Tempelglocke aus Messing. Ich ließ mir Zeit, folglich begab ich mich spät ins Bad. Besonders gut sah ich nicht aus und meine ausgeblichenen, grau herausgewachsenen, sonst braun gefärbten Haare verlangten dringend nach einem Friseur. Das Telefon klingelte.

„Du meldest dich gar nicht", begann Brigitte, „du hast bestimmt geschlafen wie im siebten Himmel."

„So ungefähr", antwortete ich und entschuldigte mich, sie gestern Abend nicht mehr angerufen zu haben. „Ich bin kurz aus dem Bett gekrochen und war fix und fertig. Übrigens vielen Dank für die leckeren Lebensmittel, ich bezahle sie, sobald wir uns sehen."

„Ist gut. Kommst du nachher vorbei?", fragte Brigitte, „ab morgen habe ich keine Zeit, ich muss Vorbereitungen für die Handwerker treffen."

„Am späten Nachmittag kann ich kommen. Gleich möchte ich zum Wochenmarkt, dann unbedingt ins Café und Zeitung lesen. Danach will ich zum Friseur, falls es kurzfristig einen freien Termin gibt."

„Zum Friseur musst du unbedingt, deine Haare sind viel zu lang und schrecklich ausgeblichen. Lass dich richtig flott machen, ins Café kannst du immer noch gehen. Hast du Werner gesprochen?"

Werner! Der Gedanke an ihn bereitete mir Unbehagen. Die letzten sechs Wochen hatte ich ihn mehr oder weniger erfolgreich aus meinem Gedächtnis verdrängt. Jetzt wollte ich nicht über ihn reden und verneinte knapp.

„Warum nicht?", fragte Brigitte scharf, „er freut sich sehr auf dich. Ich soll dir ausrichten, falls du ihn nicht erreichst, ruft er dich an. Er passt auf seine kranke Enkeltochter auf und abends kegelt er."

„Ich habe ihn nicht erreicht", log ich und Brigitte war zufrieden.

Für den Wochenmarkt nahm ich den grünen Einkaufskorb, das große Portemonnaie und füllte es mit Kleingeld auf, nahm die Eierpappe und einen Brotbeutel. Bei einem Biobauern kaufte ich Eier und Kartoffeln, an meinem Lieblingsstand kaufte ich dunkles Vollkornbrot und an einem weiteren Bio-Marktstand versorgte ich mich mit Obst und Gemüse für die nächsten zwei Tage. „An apple a day keeps the doctor away", entsann ich mich, wenngleich mir während der gesamten Reise kein einziges Mal der Gedanke an den täglichen, heilenden Apfel gekommen war.

Wie schnell ich alte Gewohnheiten wieder aufnahm, der grüne Korb, das Kleingeldportemonnaie, sechs Eier, das gleiche Vollkornbrot, drei Äpfel. Guten Morgen, Guten Tag, ach Sie waren im Urlaub, wie schön. Ja, es hat mir gut gefallen. Wie war das Wetter? Ach, wie schön, so eine Reise. Beneidenswert. Was erwartete ich? Sollten mich die Marktfrauen fragen, was die Reise mit mir gemacht hatte? Sie hatte nichts mit mir gemacht, alles war wie immer.

An einem Stand mit exotischem Gemüse suchte ich Zitronengras.

„Hei nicht anfassen!", ließ mich die herrische Stimme der Marktfrau aufschrecken. Doch nicht ich, ein älterer Herr mit einem Granatapfel in der Hand war gemeint.

„Wie bitte?", sah der Herr auf.

„Ja, ja, ich meine Sie. Hier steht extra ein Schild und Sie fassen mittlerweile den dritten Granatapfel an. Das geht nicht", wies die Marktfrau mit dem rechten Zeigefinger auf eine handgeschriebene Pappe: „Berührte Ware muss gekauft werden".

„Warum?", legte der Mann den Granatapfel in die Kiste zurück und zog an seiner Zigarette in der linken Hand.

„Es kann nicht jeder am Obst herumgrapschen, andere Leute wollen es essen, igitt, und dann noch mit Nikotinfingern. Nein, nein, nein, nein, nein."

„Sie fassen das Obst und das Gemüse auch an, obwohl ich es essen werde", entgegnete der ältere Herr verständnislos. „Meinen Sie, die Landarbeiter in Südeuropa oder Asien tragen Gummihandschuhe und rauchen nicht bei der Ernte? Die Chinesen drücken ihr halbes Leben auf Nahrungsmitteln herum, um das Beste zu finden und sie sind nicht ausgestorben. Im Gegenteil, sie werden immer mehr." Er drehte sich zum Gehen um und schmunzelte.

Innerlich musste ich ebenfalls schmunzeln, seine Erwiderung nahm der zeternden Marktfrau den Triumph.

„Dann grapschen Sie doch bei den Chinesen an dem Obst herum", zischte sie laut hinter ihm her und schüttelte hämisch grinsend den Kopf in meine Richtung. „Naja, alt und wunderlich."

Gelassen wandte der Mann sich um. „Richtig erkannt", lächelte er, „glücklicherweise habe ich die Zeit erreicht. Alt und wunderlich zu sein ist sehr schön. Neid gestehe ich Ihnen zu, aber bitte mit Respekt." Dann drehte er sich um und ging.

Ich war verblüfft und sah hinter ihm her, er war klein und zog das linke Bein nach. Die Marktfrau fingerte irritiert am Gemüse und brummelte etwas in sich hinein.

Kurzentschlossen verließ ich den Stand. Was brauchte ich Zitronengras? Es war ohnehin eine ökologische Sünde, das Zeugs viele tausend Kilometer durch die Luft zu befördern.

Mein Café-Besuch musste bedauerlicherweise ausfallen, ansonsten verpasste ich den Friseurtermin. So saß ich kurze Zeit später in einem Frisiersalon, ausgestattet mit einem schwarzen Kunststoffumhang und einer weißen Halskrause, und betrachtete mich im Spiegel. Das kalte Neonlicht verwandelte meine gesunde Gesichtsbräune in eine farblose Hautfläche, von der sich meine dunkelblauen Augen wie mein voller tief rot geschminkter Mund gespenstisch abhoben. Ich dachte an einen Harlekin. Als ich mich näher an den Spiegel heranbeugte, entdeckte ich in meinen Augenbrauen einige graue Härchen. Wie mochte ich mit ungefärbten Haaren und grauen Augenbrauen aussehen, überlegte ich. Wahrscheinlich alt, einfach nur alt.

„Na, was machen wir heute?", fragte die forsche Friseurin, eine Frau um dreißig Jahre alt. Mit beiden Händen strich sie fest über mein schulterlanges leicht gewelltes Haar. „So, wie ich das sehe", schob sie ihre violett geschminkten Lippen vor, „sollten Sie das Haar kürzer tragen, modischer, jugendlicher, gestufter Hinterkopf, vorn kinnlang, dann eine dunkle Tönung und für die Bewegung braun-goldene Strähnen." Sie griff in die Haare am Hinterkopf, nahm sie hoch und ließ sie hinunterfallen. Ihr Mund wurde zum Schmollmund und der Kiefer bewegte sich, als ob sie ihre Überzeugung kaute: „Trotz Ihres Alters können wir gut einen Bob schneiden, das Haar ist voll."

„Danke, nein", wehrte ich freundlich ab, „bitte schneiden Sie die Haare fünf bis sechs Zentimeter ab und tönen Sie sie in dem Braunton wie bisher. Etwas anderes möchte ich nicht."

„Ich an Ihrer Stelle würde mal etwas verändern. Sie tragen die Haare immer gleich, es ist langweilig und macht alt. Zurzeit ist der Bob absolut der Hit, topmodern, gestufter Hinterkopf, rasierter Nacken und vorn etwas länger, sozusagen mit Herrenwinkern", zwinkerte die Friseurin mit dem linken Auge und ergänzte, „alle Frauen sind begeistert, gucken Sie, ich trage neuerdings auch Bob." Sie drehte sich und zeigte, wie gut die Frisur an ihrem Kopf aussah.

„Einer jungen Frau steht die Frisur ausgezeichnet, ich möchte sie nicht", lehnte ich ab und reagierte heiter auf die Herrenwinker, „ich möchte nicht jedem Herrn winken." Mein Argument gefiel mir sehr gut.

Die Friseurin verzog das Gesicht. „Sie müssen es wissen. Ein modischer Haarschnitt macht einige Jahre jünger, so ist es eben. Gut, aber wer nicht will", reagierte sie patzig und zuckte mit den Schultern.

Ich schwieg, ich wollte keine andere Frisur und war froh, dass die Friseurin die Beratung einstellte. Wie ungezwungen sie mein Alter angesprochen hatte, wunderte mich. Sah ich so alt aus? Ich fühlte mich nicht alt, ich fühlte mich älter, dabei immer noch jung. Wie fühlte sich überhaupt Altsein an? Gab es absolute

Gefühle für unterschiedliche Altersgruppen, vielleicht wunderlich? Die Selbstsicherheit des älteren Herrn, alt und wunderlich als positive Eigenschaften herauszukehren, beeindruckte mich nachhaltig. Bedeutete es, das eigene Alter mit allen Erscheinungen zu akzeptieren und nicht bei jeder neuen Anti-Age-Creme auf ein Wunder zu hoffen? Höchstwahrscheinlich galt die Anerkennung des eigenen Alters bereits als wunderlicher Wesenszug.

Wunderlich war eine Außenwirkung und bedeutete vielleicht nichts anderes, als eigenes Verhalten nicht erwartungsgemäß auszurichten. Man verhielt sich, wie man es für richtig erachtete, ohne Angst vor Anerkennungsverlust. Ich verhielt mich eher konform, drückte so gut wie nie meinen Ärger aus und ärgerte mich hinterher still für mich.

Die sonst plappernde Friseurin schwieg heute. Konsequent ignorierte sie meine Impulse für ein Gespräch und gab nichts als Laute wie „mmmh, aha" von sich. Zum Schluss präsentierte sie wortlos ihr Werk mit einem großen runden Spiegel.

„Schön, so hatte ich es mir vorgestellt. Danke", lobte ich sie.

Mit unveränderter Miene legte sie den Handspiegel zur Seite und murmelte: „Dann sind Sie ja zufrieden."

„Nein", widersprach ich und erschrak im selben Moment über die für mich ungewöhnliche Reaktion. Zweifelsfrei stand sie im Zusammenhang mit den vorherigen Überlegungen, aber stellte mich nun vor die

Herausforderung einer Begründung. Ich spürte ein innerliches Zittern: „Mit der Frisur bin ich zufrieden, aber Ihr Schweigen während der gesamten Zeit hat mir zu denken gegeben und es war kein Vergnügen hier zu sitzen."

„Wenn ich Ihren Erwartungen nach Unterhaltung nicht gerecht werden konnte, tut es mir leid. Sie sind hier bei einem Friseur und das Wichtigste ist die Frisur, oder?", zischte sie und wechselte ein spöttisches Lächeln mit der Kollegin.

Natürlich ärgerte mich die Häme der beiden, ich kochte innerlich, allerdings bemühte ich mich ruhig zu bleiben und entgegnete: „Wie man es nimmt."

Dann bezahlte ich, gab aus Rache kein Trinkgeld und ließ mir nicht in den Mantel helfen. Vor der Tür hätte ich am liebsten vor Wut mit den Füßen aufgestampft, doch nach kurzen Überlegungen ärgerte mich nur noch meine eigene Verärgerung und ich nahm mir vor, mich zukünftig nicht von unverschämten Verhaltensweisen provozieren zu lassen, sondern sie einfach zu ignorieren.

4

Am späten Nachmittag ging ich zu Brigitte. Sie bewohnte allein das frühere gemeinsame Haus der Familie unweit der Innenstadt im Musikerviertel. Gleich beim ersten Gong öffnete sie die Haustür und bat mich sichtlich erfreut in die Diele, die vom Duft ihres Eau de Toilette erfüllt war. Wie immer war Brigitte vortrefflich zurecht gemacht, beige Hose, rosafarbene Bluse, geschminkt in Braun und Rosa, exakt frisierte kinnlange blonde Haare.

Als Dank für die Mühe mit meiner Wohnung überreichte ich ihr einen Frühlingsstrauß und ein in original laotischer Verpackung mitgebrachtes Seidentuch. Die Geschenke im Arm schritt sie zackig voran in die Küche, schnitt die Blumen an, drapierte sie geschickt in eine passende Vase und nahm alles mit ins Wohnzimmer. Sie packte das Tuch aus, dem Originalpapier aus Laos schenkte sie keine Aufmerksamkeit.

„Wunderschön das Tuch, meine Farben, Beige und Rosa, herrlich reine Seide. Danke." Dabei neigte sie den Kopf zur Seite und liebkoste ihre Wange an dem Seidentuch.

Darüber freute ich mich. Die Wahl war mir nicht schwergefallen, Brigittes Farbrepertoire beschränkte sich mit geringen Abweichungen auf Beige und Rosa.

Nach den vielen kräftigen Farben Asiens fühlte ich mich in dieser Umgebung von Beige und Rosa nahezu verschluckt und war froh über den bunten Blumenstrauß, der etwas Lebendigkeit in die Ton-in-Ton-Atmosphäre brachte. Das ganze Haus war Beige und Rosa ausgestattet, beige Vorhänge, beige Kerzen, rosafarbene Servietten, rosafarbene Kissen auf einem beigen Sofa.

Vor sieben Jahren lernten Brigitte und ich uns in der Volkshochschule kennen, Brigitte als geschiedene finanziell sehr gut abgesicherte Hausfrau und ich als berufstätige frische Witwe mit einem hinreichenden Einkommen. Obwohl wir sehr verschieden waren, mochten wir uns. Zu mir bequemen übergewichtigen Genussraucherin verkörperte Brigitte als sogenannte flotte gepflegte Frau genau das Gegenteil. Sie war schlank, flink, sportiv und orientierte sich an Nährstoffen und Kalorien. Jeder respektierte die Eigenarten des anderen. Brigittes Welt war tadellos. Meines Erachtens fehlte einzig der richtige Mann an ihrer Seite, den sie nach einigen Versuchen vor meiner Zeit nicht mehr zu finden glaubte und jegliche Aktivität in dieser Hinsicht eingestellt hatte.

„Du warst beim Friseur?", betrachtete sie meine Frisur von allen Seiten, „der Schnitt ist wie immer. Deinen Pony hättest du besser lang behalten, wieder siehst du aus wie Prinz Eisenherz."

In Übereinstimmung mit der Friseurin fand auch sie eine modische Frisur verjüngend und zusammen mit einem klassischen Outfit würde ich ein ganz anderer Mensch sein. Sie strahlte mich an, als wollte sie sagen, es ist nicht zu spät, noch kannst du es ändern.

„Ich will kein anderer Mensch sein und schon gar kein junger Mensch", wehrte ich ab. „Für mich mag ich kein Rosa, kein Hellblau und kein Zitronengelb und kein Beige, keine Hemdblusen, keine Blazer und keine Bügelfaltenhosen und keine praktische Frisur. Guck mich an", sah ich an mir herunter, „ich bin mollig und habe es gern bequem und bin ein dunkler Typ und liebe kräftige Farbtöne."

„Ich meine nur, du könntest dich vorteilhafter kleiden, vielleicht ein bisschen figurbetont", strengte Brigitte sich an. Sie nahm einen Schluck Tee und biss sich unruhig auf die Lippen.

„Ich bin so wie ich bin", umarmte ich sie lachend, „und freue mich, dass es dich gibt, auch wenn du stets gebügelt und gefaltet bist."

Jetzt musste sie ebenfalls lachen. „Ich finde, da du nun einen Freund, beziehungsweise einen Lebensgefährten an deiner Seite hast, solltest du etwas flotter aussehen. Hast du Werner erreicht?"

Daher wehte also der Wind, für Werner sollte ich mich flotter herrichten. Ich wollte mit Brigitte weder über Werner noch über ihn als meinen Lebensgefährten reden. Hatte Werner mit ihr über uns gesprochen? „Werner ist ein guter Freund für mich, …".

Weiter konnte ich nicht ausführen, sie unterbrach mich lachend: „Ja, ja, ja, das sagt man dann so."

Ich musste mich zusammenreißen, um nicht laut zu werden. Konsequent ignorierte ich weitere Anspielungen und lenkte das Gespräch auf den bevorstehenden Besuch ihrer Tochter.

Zurück in meiner Wohnung blinkte der Anrufbeantworter: „Hier ist Werner. Es ist achtzehn Uhr zweiunddreißig, leider war ich heute nicht zu Hause, erst war ich bei meiner Enkelin und gleich gehe ich Kegeln. Ich hoffe, Barbara, wir sehen uns morgen Abend. Ruf bitte kurz an, ob es dir passt. Tagsüber kümmere ich mich um die kleine Nele, sie ist krank. Nun muss ich los, ich stelle mich auf sieben Uhr morgen Abend bei mir zum Abendbrot ein. Bis dahin."

Zum Abendbrot! Mein Herz schlug schneller. Es war soweit, ich musste mich der Geschichte stellen. Wie sollte ich Werner nach der Nacht begegnen, wie ihm meine Haltung erklären? Höchstwahrscheinlich würde es das letzte Gespräch sein, dennoch wollte ich ihn nicht verletzen.

Vor ungefähr einem halben Jahr lernte ich Werner auf Brigittes sechzigsten Geburtstag kennen. Er war mein Tischnachbar gewesen, hatte über sein Haus, seinen Garten, seine Scheidung gesprochen, hatte seinen Sohn und Enkelkinder stolz beschrieben. Später am Abend war er deutlicher geworden und hatte hinter vorgehaltener Hand augenzwinkernd erwähnt, eine Partnerin für den letzten Lebensabschnitt zu suchen. Das Haus stand bereit, finanziell war er als pensionierter Finanzbeamter gut abgesichert, die richtige Frau konnte sofort einziehen. Vorsichtshalber hatte ich mit Reiseabsichten und Freiheitsdrang abgeblockt, allerdings seine Einladung zu einem Spaziergang angenommen.

An einem der nächsten Sonntage waren wir spazieren gegangen und anschließend in Werners Haus Kaffeetrinken. Ab dem Zeitpunkt hatten wir uns öfter getroffen, meist bei ihm, selten bei mir, manchmal mit Brigitte, zum Kaffee, zum Essen oder zum Bier am Abend. Die Kommunikation war die zwischen guten Freunden gewesen. Werner hatte gern auf meine, in seinen Augen, leichtfüßige Lebenseinstellung angespielt und ich mich im Gegenzug über seine Gradlinigkeit amüsiert. Zwei Tage vor meiner Asienreise waren wir angetrunken gewesen und ich weiß es bis heute nicht, wie es geschehen konnte, wir waren am späten Abend zusammen ins Bett gegangen.

Wie es zu der körperlichen Begegnung gekommen war, machte mir seitdem Kopfzerbrechen. Zu keiner Zeit hatte ich Werner begehrt. Ich schob es auf das Zusammenwirken von Alkohol und sexueller Entbehrung, bei mir wie bei ihm, denn im Nu hatte er einen Orgasmus gehabt. Ich war kurz davor gewesen, allerdings hatte Werner sich stöhnend auf den Rücken fallen lassen, ohne sich weiter um mich zu kümmern.

Ein unvergesslicher Augenblick in meinem Leben. Entblößt zurückgelassen, war mir mein entsetzlicher Fehler klar geworden. Als Werner über unser künftiges Zusammenleben mit mir in seinem Haus, in dieser Siedlung, über das zeitnahe Kennenlernen seiner Verwandten und meinem schnellen Umzug nach der Reise monologisiert hatte, war ich wie gelähmt gewesen. Mit leicht gerötetem Gesicht hatte er angemerkt: „Wir sind ja nun intim geworden und gehören zusammen. Lass uns erzählen, wir sind verlobt." Selbst hierauf hatte ich nicht reagiert. Warum, fragte ich mich immer wieder. Warum war ich nicht aufgestanden und gegangen? Vermutlich hatte ich mich geschämt, meinen Irrtum zuzugeben.

Danach war Werner näher an mich herangerückt, hatte mich zufrieden kurz an sich gezogen, mir wie in einer jahrzehntelangen Ehe ein Gute-Nacht-Küsschen gegeben, mir den Rücken zugewandt und die Nachttischlampe ausgeschaltet. Versteinert war ich im linken Bett des Eheschlafzimmers aus rustikaler Eiche mit Eichenholznachttischlampen, bunt geblümter Biberbettwäsche, grünlicher Rankentapete und hellgrünen Gardinen geblieben. Nahezu reglos und hellwach hatte ich die gesamte Nacht im stockdunklen Raum mit fünf Streifen Licht aus den oberen Spalten der heruntergezogenen Jalousie gegrübelt.

Die Nacht wurde zu meinem Albtraum, die drei feuchten Knutschküsse, das mechanische Rein-Raus bis zu Werners Orgasmus, seine Ignoranz meiner Erregung. Es war an der Zeit, dieses Szenario loszuwerden.

5

Heute morgen wachte ich sehr früh auf und befand mich unversehens in der Misere mit Werner. Wie schon oft, spulte sich die bedrohliche Frühstückssituation nach der besagten Nacht in meinen Gedanken ab und ich fragte mich wie immer: wie konnte ich nur?

Wir hatten in seiner Küche ohne Tisch an einem schmalen ausziehbaren Brett, einem Not-Tisch, vor der Anbauwand gesessen, ich auf einem roten dreibeinigen

Plüschhocker, er auf einem Plastikklappstuhl. Das Radio war eingeschaltet gewesen, Werner hatte die Schlagermusik zwischen den Kommentaren mit fröhlichem Pfeifen begleitet und mich Goldstückchen genannt. Dann war er zum Backofen gegangen, hatte Brötchen herausgeholt und stolz verkündet, seit zwanzig Jahren bei demselben Bäcker samstags die gut schmeckenden Brötchen für eine Woche einzukaufen und sie einzufrieren. Jeden Abend gegen zehn Uhr holte er zwei aus der Kühltruhe, backte sie morgens kurz auf und belegte ein halbes Brötchen mit Schinken, ein halbes mit Käse, zwei halbe bestrich er mit Quark und selbstgekochter Marmelade von seiner Schwägerin Gesine.

Vermutlich war ich über seine erschreckenden Gewohnheiten derart verblüfft gewesen, dass Werner kauend hinzugefügt hatte, auf Gesines Marmelade sofort zu verzichten, sobald ich Herrin in seiner Küche sein würde und meine Marmeladenkochkenntnisse unter Beweis stellte. Fast war mir der Bissen im Hals steckengeblieben und ich war aufgesprungen, hatte einen wichtigen Termin vorgetäuscht und das Haus fluchtartig verlassen.

Alles an Werner, sein Körper, sein Kauen, sein Reden, hatte mich am Frühstückstisch angewidert, sodass meine Abscheu sich gegen ihn von Minute zu Minute verstärkte.

Die Nacht hatte Grundsätzliches zwischen uns verändert. Worüber ich vorher gelacht hatte, schreckte mich ab, ich war durch den verunglückten Beischlaf Teil von seinem System geworden.

Mir war klar, so konnte es nicht weitergehen, mit Grübeln löste ich das Problem nicht. Auf der Stelle musste ich Werner anrufen und die Einladung zum Abendessen annehmen. Ich fasste Mut, stand auf und nahm das Telefon. Nach mehrmaligem Klingeln sprang sein Anrufbeantworter an. Erleichtert, ihn nicht persönlich am Apparat zu haben, bedankte ich mich mit knappen Worten, bestätigte mein Kommen und legte auf. Prompt meldeten sich Gewissensbisse, ich war zu sachlich gewesen und unfreundlich. Schließlich war Werner nicht derjenige, der mir etwas vorgemacht hatte. Mit seinen Eigenschaften, seinen Leidenschaften und seiner Lebensweise war ich vertraut. Ich war diejenige gewesen, die ihm falsche Hoffnungen gemacht hatte.

Mein linkes Ohr rauschte stark. Auf dem Weg ins Café überlegte ich mir Redewendungen, um Werner nicht zu verletzen. Dann aber brachten mich der Duft des frischen Cappuccinos und die Zeitung auf andere Gedanken. Es war meine Stunde.

Seitdem ich nicht mehr arbeitete, besuchte ich regelmäßig jeden Morgen, bis auf sonntags, dieses Café. Gut gekleidet und geschminkt, genoss ich in der Anmutung großstädtischen Flairs Kaffee zu trinken und Zeitung zu lesen. Nach ungefähr eineinhalb Stunden schlenderte ich am Fluss zurück nach Hause mit dem zufriedenen Gefühl, unter Menschen gewesen zu sein, wenngleich sich oftmals nur ein kurzer Wortwechsel mit der Bedienung im Lokal ergab. Es handelte sich sozusagen um meine Grundsicherung an Kommunikation.

Zurück in der Wohnung, rief ich bei meiner zwölf Jahre jüngeren Schwester Imke an und hoffte, einen guten Zeitpunkt gewählt zu haben.

„Du störst nicht, hier ist Ruhe, Ruhe vor dem Sturm. Gleich fallen ein Fünfzehnjähriger und ein Dreizehnjähriger wie Wölfe über das Essen her. Den ganzen Vormittag koche ich und innerhalb von zehn Minuten ist alles weggefressen. Und Gregor bildet sich ein, ich könnte ihm zum täglichen Gemüseschnippeln die Wäsche waschen und bügeln", klagte Imke, die mit achtunddreißig Jahren den ersten Sohn, mit vierzig Jahren den zweiten bekommen hatte und sich seither im Dauerstress befand. „Ich habe sehr deutlich formuliert, dass es endlich mal um mich geht und er zukünftig jedes zweite Wochenende das Kochen und Einkaufen zu übernehmen hat. Naja, man muss sich ganz schön durchsetzen. Erzähl, wie war deine Reise?"

In Kurzfassung berichtete ich und erwähnte mein ungutes Gefühl in Hinblick auf den Dritte-Welt-Tourismus.

„Hattest du im Dschungel 5-Sterne Hotels erwartet?"

„Nein, natürlich nicht", lachte ich und ignorierte Imkes aggressiven Unterton. „Es geht nicht um mich, es geht um die Menschen dort. Man begafft sie mit den europäischen Werten im Hinterkopf und bedauert sie, obwohl sie gelassen und fröhlich zusammenleben. Am peinlichsten war mir, bei den Monk in Laos und den Bergvölkern in Thailand in die Privatsphäre einzudringen, mir die Schlafstellen zeigen zu lassen. Kennst du das Gefühl, dich für etwas zu schämen, wofür du keine Verantwortung trägst?"

„Ja, Fremdschämen kenne ich sehr gut. Gregor gibt in Gesellschaft oft unpassende Kommentare von sich, dass ich am liebsten im Boden versinken möchte. So peinlich ist es mir für ihn wie für mich."

Ich dachte an die Situation auf dem Markt, wie unangenehm mir vor dem älteren Herrn die Respektlosigkeit der Marktfrau gewesen war. Als ich Imke davon berichtete, empfand ich meine gestrige Passivität erbärmlich.

Sie sah es anderes. Ihres Erachtens hatte ich mich für die falsche Person geschämt, ich hätte mich für die Ignoranz des Alten schämen müssen, denn wer wollte mit Nikotinfingern begrapschtes Obst essen? Ohnehin war es an der Zeit, Nichtraucher wie sie draußen gesetzlich vor dem Gift zu schützen, sprich geschlossene Raucherräume bereitzustellen: „Pinkeln darf man auch nicht an jeder Ecke."

Das Bemühen um gesundes Leben hatte sich in den letzten Jahren bei meiner Schwester zum Wahn entwickelt. Angesichts ihrer Forderung fiel mir die nette Begegnung mit einem Raucher auf einem weiß gekennzeichneten Feld auf einem Bahnsteig ein. Er hatte sich über das Feld amüsiert und gemeint, irgendwann in Schwimmbecken weiß markierte Felder zum Pinkeln vorzufinden. Der Vergleich hatte mir gefallen. Heute sorgte er für die nötige Distanz zu Imkes Forderung und ich entgegnete ironisch: „Vielleicht aufblasbare Kabinen mit Filter, die jeder Raucher mit sich führen muss?"

„Ja, ja, mach dich gern lustig, typische Reaktion einer Raucherin", entrüstete sie sich, „du beziehst Rente, die wir verdienen und zum Dank verpestest du uns die Luft. Dazu wirst du wahrscheinlich irgendwann dem Sozialsystem mit Lungenkrebs auf der Tasche liegen. Hör endlich auf zu rauchen!"

„Nein", erwiderte ich entschieden, „das werde ich nicht. Es gehört mit zu meiner schönsten Stunde am Tag, abends ein Glas Rotwein zu trinken und ein oder zwei oder drei Zigaretten zu rauchen. Ich wäre schön blöd, mir diesen Genuss zu nehmen." Dass ich nicht dankbar für meine Rente sein musste - Jahrzehnte hatte ich Sozialabgaben geleistet - war für mich selbstverständlich und bedurfte meines Erachtens keiner Legitimation.

Erfahrungsgemäß folgten an dieser Stelle Imkes aggressive Belehrungen und so auch heute. Sie stützte sich auf Roland, den sie zu Lebzeiten als Hedonisten und Säufer verachtet hatte, aber zwischenzeitlich als armen durch Nikotin und Alkohol dahingerafften Menschen für ihre Argumentation benutzte. Nach kurzer Zeit unterbrach ich den Redeschwall mit dem Vorwand einer zeitnahen Verabredung. Die Moralpredigten über Gesundheit, Alkohol und Nikotin ertrug ich nicht mehr. Was wusste Imke von dem Zusammenleben mit einem Alkoholabhängigen. Zur Abstinenz führte es sicherlich in den seltensten Fällen, eher waren es die besten Bedingungen, um das Saufen anzufangen.

Zu Beginn meines Lebens mit Roland hatte Alkohol keine Rolle gespielt, sondern Marihuana. Walter Benjamins Haschischerfahrungen hatte uns neugierig gemacht. Die durch leichten Rausch veränderte visuelle und emotionale Wahrnehmung war für Roland nicht ausreichend gewesen. Er hatte mittels LSD die Diskrepanz zwischen Sein und Bewusstsein aufzuheben versucht. Später hatte ihn Fassbinder derart fasziniert, dass er ebenfalls zur Steigerung seiner Kreativität zu Kokain griff. Diese Droge war ihm zum Verhängnis geworden, bloß hatten wir es nicht als Sucht erkannt. Mit Alkohol und sechzig filterlosen Zigaretten täglich war er zwar in der Lage gewesen, die innere Unruhe durch das Gift zu bekämpfen, allerdings hatte er wegen entstandener Konzentrationsschwäche kein normales Leben führen können. Beruflich waren viele Pläne erfolglose Hirngespinste gewesen, privat war er vor sich weggelaufen und lenkte sich mit nächtlichen kostspieligen Vergnügungen ab, die er dreist als notwendige Kompensation unterdrückter menschlicher Bedürfnisse legitimierte. Seine Erhabenheit hatte bei mir zu Wutausbrüchen geführt und bei ihm trotzdem nichts verändert. Die Krone der Arroganz war sein vernichtendes Urteil über Menschen gewesen, die regelmäßig und diszipliniert einer Tätigkeit nachgingen. Er hatte sie als „kleinbürgerliche, stumpfe Scheißer" verhöhnt im Gegensatz zu ihm, dem sensiblen und reflektierenden

Säufer, der den Druck des Kapitalismus nicht anders als im Suff ertrug. Bis zuletzt hatte Roland sich für einen besonderen und nicht stinknormalen Säufer gehalten.

„Es ist vorbei", seufzte ich laut. Ich war nicht zur Trinkerin geworden, ich war einsam.

6

Um sieben Uhr abends klingelte ich bei Werner. Mein Herz klopfte bis zum Hals und das Rauschen im linken Ohr glich einem herabstürzenden Wasserfall. Schrecklich aufgeregt hatte ich das Gefühl, ohnmächtig zu werden. Mein Blick fiel auf die Fußmatte mit dem Gruß „Herzlich Willkommen" und einem daneben sitzenden niedlich dargestellten Hund. Bei jedem Besuch hatte ich mich gefragt, warum Werner diese Matte besaß. Er mochte keine Haustiere. Bevor ich durch die getönten Butzenscheiben seinen großen schlanken Körper auf mich zukommen sah, hörte ich Werner schlurfen. In Birkenstocksandalen hob er nie die Füße.

„Hereinspaziert, hereinspaziert, Frau Reiselust", hieß er mich auf seine Art willkommen, trat einen Schritt zurück und musterte mich. „Lass dich ansehen, alles normal, nicht erleuchtet, nicht zum Buddhismus konvertiert, Gott sei Dank, du bist die alte geblieben. Naja, mit den bunten Sachen sollte man annehmen, du gehörst doch zu der Sekte." Er lachte, strich seine schütteren grauen Haare zurück und umarmte mich. Ein Schauder lief mir über den Rücken, ich war stocksteif.

Werners Anspielung auf meine Kleidung verblüffte mich, es klang nach Brigitte von gestern Nachmittag. Ich erwiderte nichts, sondern nahm es still als Kompliment, anders als die flotten Frauen zu sein. Seine falsche Annahme über den Buddhismus stellte ich in gereiztem Ton sofort richtig und wies darauf hin, dass der Buddhismus zu den Weltreligionen zählte. Bis auf „Ja, ja" äußerte er sich nicht und schlurfte in einer Wolke aus Pitralon-Rasierwasser zurück in Richtung Küche. Wie ein alter Mann sah Werner von hinten in dem schmalen dunklen Flur aus. Eine Gruselhöhle, dachte ich. Es lief mir kalt den Rücken runter und ich fürchtete, dass die bräunliche Textiltapete und die Kunstblumengestecke auf Makrameezöpfen mich augenblicklich altern ließen und ich ebenfalls vorgebeugt schlurfte.

In der Küche beobachtete ich, wie Werner mit zusammengepressten Lippen einzelne Scheiben Brot aus einer Tüte in einen Korb platzierte. Er bewegte sich verkrampft, steif und zog wiederholt hörbar die Nase hoch. Vor sechs Wochen nach dem Sex war mir diese Manier erstmalig aufgefallen. Sie passte nicht zu ihm, diesem korrekten Mann. Ohnehin sah er heute nachlässig aus, seine Haare schienen ungewaschen, sie klebten strähnig am Kopf. Was war mit ihm? Oder war ich es, die Makel an ihm suchte, um meine Abneigung zu legitimieren?

Seine Kleidung bestand wie immer aus einem bügelfreien karierten Hemd und einer Jeans mit scharfer

Bügelfalte. Vor sechs Wochen hätte ich darüber gescherzt, heute bewertete ich es bitterernst. Als Werner sich umdrehte, fiel mir sein spitzer Bauch in die Augen, der gegen die Knopfleiste des Hemdes drückte und weiße Haut zum Vorschein brachte. Verlegen setzte ich einen Schritt zur Seite und begann von meiner Reise zu berichten.

„Hauptsache, du hast dir bei den Schlitzaugen nichts eingefangen", warf er grinsend ein und stellte das Brot auf ein Tablett. „Willst du auch ein vernünftiges deutsches Bier, Goldstückchen?"

Goldstückchen, fuhr ich zusammen. Nur nicht an die Nacht anknüpfen. Mir schauderte bei der Erinnerung an die feuchten Küsse in dem kalten Schlafraum. Auf keinen Fall würde ich diese Nacht wiederholen.

„Lao-Bier ist im Grunde genommen ein deutsches Bier, es wird von einem in der ehemaligen DDR ausgebildeten Braumeister gebraut", konterte ich.

Werner winkte ab, für ihn zählte ausschließlich original deutsches Pils, das ihm das Skat- und Kegelleben über Jahrzehnte versüßte. Das überhörte ich, es war mir gleichgültig.

Zusammen gingen wir in den Wintergarten. Sofort bemerkte ich die geschmacklose bunte Wachsdecke auf dem neuen Holztisch. Werner schützte seinen Tisch. Ich schwieg, es ging mich nichts an. Für mich vergrößerte das Wachstuch die Summe der Eigenarten, die ich an ihm nicht mochte. Auf dem Tisch befanden sich zwei Gedecke, eins an der Stirnseite mit Blick in den Garten für ihn, bestehend aus einem alten glanzlosen Frühstücksteller, einem abgenutzten Frühstücksbrett, einem kleinen Messer und einem abgegriffenen Bierglas. Für mich stand neues Geschirr, das gute Geschirr, rechts an der langen Seite des Tisches neben ihm. Während Werner einen Flaschenöffner holte, setzte ich mich auf den für mich vorgesehenen Platz.

„Schön, dass du bereits sitzt", streifte er im Vorübergehen mit seiner Hand meine Schulter, „der feste Platz zeigt an, du bist hier zu Hause."

Ich zuckte zusammen, das sollte mein unbekümmertes Hinsetzen nicht signalisieren. „Ein Gast gehört nicht an die Stirnseite des Tisches", stammelte ich.

„Na, Gast will ich nicht mehr hören", wandte Werner mit einem Lacher ein, füllte die Biergläser, setzte sich und berichtete detailliert von der Totaloperation seiner Schwägerin. „Ist nicht schön, wenngleich es in dem Alter nicht so viel macht."

„Wie alt ist sie denn?", erkundigte ich mich.

„Naja, Gesine geht an die Siebzig, sie ist in unserem Alter, ab sechzig ist der untere Teil beim Menschen sowieso lahm", winkte er ab, „sie hat ihre wilde Zeit gehabt." Nebenbei belegte er eine Scheibe Brot mit Schinken, holte eine Gurke aus dem Glas und schnitt sie mit zusammengekniffenen Lippen auf dem bunten Frühstücksbrett in viele gleich große Scheiben. Dann räusperte er sich laut und zog die Nase hoch.

Dass in seinen Augen der untere Teil eines Menschen ab sechzig Jahren lahm war, machte mich aggressiv. Ich dachte daran, wie er sich stöhnend von meinem Körper gerollt hatte, ohne daran zu denken, dass ich gern einen Orgasmus gehabt hätte. Vielleicht war er in der Annahme gewesen, es mit einer unten erlahmten Frau zu tun gehabt zu haben. Ich wollte widersprechen, ihm gehörig meine Meinung sagen, jedoch redete Werner bereits über die drolligen Enkelkinder, über den Sohn, der am Samstag seinen vierzigsten Geburtstag feierte mit allem was das Herz begehrte, ein kleines beheiztes Zelt stand im Garten und ich war mit eingeladen.

„Danke, aber", zögerte ich, „bitte richte deinem Sohn meinen herzlichen Dank aus, ich muss erst ankommen, ich bin noch gar nicht richtig zurück und …", ich benutzte eine Notlüge, „höchstwahrscheinlich kommt Imke am Samstag."

Meine Erschöpfung war für Werner wegen der Zeitverschiebung nachvollziehbar. Ich sollte mir Zeit nehmen, um in den normalen Rhythmus zurückzukehren. Es war für ihn nicht weiter tragisch, sein Wochenende war sowieso verplant. Freitagabend spielte er Skat, Samstag war die Geburtstagsfeier, am Sonntag stand seit einem halben Jahr ein Klassentreffen auf dem Programm. „Unser fünfzigjähriges Jubiläum der Handelsschule. Bestimmt stehen schon Rollstühle und Rollatoren vor der Tür", lachte er und zog mehrmals die Nase laut hoch.

Die Rotzerei ekelte mich an, warum benutzte er kein Taschentuch? „Dann viel Vergnügen", wünschte ich und wollte endlich mit meiner Erklärung beginnen.

„Danke, nun etwas anderes", tippte er an meinen linken Oberarm und nickte einige Male augenzwinkernd Richtung Garten: „Ist es dir nicht aufgefallen? Fertig mein Garten, der Werner hat den Rasen bereits zweimal gemäht. Dieses Jahr bin ich der erste."

Was interessierte mich der Garten? Spürte er nicht, wie es mir ging? Wollte er nicht wissen, wie es mir nach der Nacht ergangen war? Was ich fühlte? Wie ich nach sechs Wochen dachte? Für ihn schien alles geklärt. Selbstgefällig lehnte er sich mit verschränkten Armen und Siegermiene auf dem Stuhl zurück. Sollte ich ihn loben? Gut gemacht, du korrekter Werner. Ich quälte mir ein Lächeln in die Mundwinkel und fragte, ob es wichtig war, der erste zu sein. Verwundert sah er mich an. In einer Siedlung war es normal, auf Nachbarn zu achten, gerade in Hinblick auf den Garten.

„Dann werde ich dein Werk aus der Nähe betrachten und eine Zigarette rauchen", stand ich schnell auf, um nicht zu platzen.

Werner stützte seine Hände auf den Tisch und erhob sich stöhnend. „Das Rauchen hättest du dir bei den Schlitzaugen gut abgewöhnen können."

„Ich will es mir nicht abgewöhnen, ich rauche gern", erwiderte ich schroff und schwor mir, sollte er ein weiteres Mal den Begriff Schlitzaugen benutzen, würde ich ihm gehörig die Meinung sagen. Angespannt griff ich nach der leeren Bierflasche für die Asche und drehte mich zum Gehen um.

„Nein", riss Werner mir die Flasche aus der Hand, „was sollen die Leute im Getränkemarkt von mir denken, wenn ich mit solch einem Dreck in der Flasche ankomme?" In der Aussprache des Wortes Dreck transportierte er seinen gesamten Ekel vor Nikotin. Aus dem gelben Sack holte er eine gesäuberte Konservendose und bat mich in den hinteren Teil des Gartens zu gehen, hier würde der Rauch in die Küche ziehen.

Innerlich verdrehte ich die Augen, mir fiel Imke ein. Der Plattenweg war blitz-blank geschrubbt, die Fugen ausgekratzt. Ich stellte mir vor, wie Werner verbissen gekratzt und gemäht und geharkt hatte. Wie konnte ich nur mit ihm ins Bett gehen? Ich schüttelte mich, das Rauschen in meinem Ohr war sehr stark.

Am Grundstücksende vor der Hecke zündete ich mir die Zigarette an und flüsterte mir zu: „Hier bist du das letzte Mal. Bevor du gehst, machst du ihm klar, dass du dich mit einer festen Zweierbeziehung emotional überfordert fühlst. Ehrenwort Barbara."

Wie würde Werner reagieren? Höchstwahrscheinlich wortlos und mich hinterher als komisches, unbeugsames Frauenzimmer bezeichnen. Ein wunderlicher Vogel, hörte ich ihn gedanklich und freute mich. Entschlossen drückte ich die Zigarette aus und ließ den Stummel zu der Asche in die Dose fallen. Zurück im Wintergarten wartete Werner mit aufgestützten Ellbogen.

„Ja, alles abgeräumt, sauber der Tisch", klopfte er mit den Fingern unruhig auf die Tischkante.

Dann musst du keine Angst mehr um deine Sachen haben, hätte ich am liebsten gesagt, aber ich schwieg. Von Anfang an achtete er verstohlen auf meinen Umgang mit seinen Dingen.

„Ja Goldstückchen, heute Abend gibt es kein Bier mehr", bestimmte er und zog anschließend die Nase hoch, „morgen muss ich früh raus, ich muss duschen und dann zum Blutabnehmen, Routineuntersuchung. Ich will zeitig ins Bett, damit die Werte einigermaßen sind", gab Werner einen Lacher von sich, als ob er den Arzt hinters Licht führen wollte. Mir fielen kleine Kinder ein, die ihre Augen schlossen und annahmen, nicht anwesend zu sein.

„Was soll der Arzt denken, wenn ich als Pensionär mit fettigen Haaren und einer Bierfahne verschlafen ankomme?"

Das war also der Grund für die fettigen Haare, der Arzt nahm einen höheren Rang als ich ein.

„Jedes Jahr ein großer Check ist wichtig, es gibt so viele Krankheiten. Hier ein Nachbar, das dritte Haus auf der rechten Seite, tüchtiger, anständiger Kerl, steht morgens auf, geht die Treppe hinunter und bums fällt er um, Schlaganfall, halbseitig gelähmt. Das wird nichts mehr, er muss in einen Rollstuhl. Vielleicht besorgen sie dem alten Schürzenjäger eine flotte polnische Pflegerin, dann hat er wenigstens einen Augenschmaus." Werner lachte, prustete, zottelte ein großes Taschentuch aus der Hosentasche und schnäuzte sich lustvoll.

Dass er früh ins Bett wollte, war mir willkommen. Leider ergab sich keine Gelegenheit mehr, mit ihm über die Nacht zu sprechen. Er redete und redete, sah zwischendurch auf die Uhr und als die Kirchturmuhr zweiundzwanzig Uhr schlug, stand er auf, entschuldigte sich, mich aus bekannten Gründen hinauswerfen zu müssen. Sein Verhalten gab mir Rätsel auf. Vor sechseinhalb Wochen hatte er uns als verlobt bezeichnet und wollte unmittelbar unser Zusammenleben regeln und heute bezog er sich einzig auf seine Termine und verschob unser Leben auf nächste Woche.

7

Am folgenden Morgen ärgerte ich mich, keinen Schritt war ich weitergekommen. Kleinlaut hatte ich mich Werners Abendablauf unterworfen und mich zurückgenommen. Warum hinterfragte ich nicht seine Überzeugung vom Erlahmen sexueller Lust mit zunehmendem Alter und erhob Einwand? War es meine Erfahrung, dass Auseinandersetzungen mit Werner wegen seiner Borniertheit zu keiner Veränderung führten? Einmal überzeugt, immer überzeugt. So hielt er ein aus Gesundheitsmagazinen über Jahre gewonnenes Bild von einem älteren Menschen für wahr, bemühte sich mit aller Kraft um dessen Entsprechung und befolgte Verhaltensmodi. Er aß Margarine zur Senkung des Cholesterinspiegels, obwohl er nicht an hohem Cholesterin litt. Ebenso trank er entkoffeinierten Kaffee ohne

Herzschwäche aufzuweisen. Fahrradtouren unter-nahm er bis maximal zwanzig Kilometer, weil mit zunehmenden Jahren die Gelenke zwar bewegt, keinesfalls strapaziert werden durften. Reisen kamen für Werner gar nicht in Frage, da älteren Menschen zu Reisezielen mit ärztlicher Betreuung ohne Sprach-barrieren geraten wurde. Anfangs hatte ich ihn zu ermutigen versucht, bei seiner körperlichen Konstitution auf sich selbst zu vertrauen und mal ein anderes Land zu besuchen. „Warum in die Ferne schweifen? Sieh, das Gute liegt so nah" war seine Reaktion gewesen. Er wollte nichts erleben, er war nicht neugierig auf Fremdes. Obwohl er zeit seines Lebens höchstens zwei Stunden Zugfahrt von Amsterdam entfernt lebte, hatte er Amsterdam nie besucht. In seiner kleinen Welt aus Haus, Garten, Nachbarschaft und Kindern fühlte er sich wohl und sicher. Dieser sargähnliche Mikrokosmos erschien mir grausam.

In der kommenden Woche musste ich auf ein klärendes Gespräch bestehen, um endlich von den Gedanken an die schreckliche Nacht befreit zu sein.

Heute ging ich zum Augenarzt. Vor einem halben Jahr waren plötzlich schwarze Fäden durch mein linkes Auge geschweift, die nach einer Tropfenbehandlung nicht mehr auftauchten, dennoch erforderte das Symptom laut Arzt eine Nachuntersuchung.

„Bitte etwas Geduld, gleich bin ich für Sie da", empfing mich eine ältere telefonierende Helferin freundlich, als ich die Praxis betrat.

„Hier, hier, hier her", winkte mich die jüngere Kollegin ungeduldig heran, prüfte weithin hörbar die Aktualität meiner persönlichen Daten und verwies mich, mit „Sie dürfen", in die Wartezone. Ich hasste die Erlaubnis erteilt zu bekommen, in ein Wartezimmer zu gehen. Warum sagte man nicht einfach Sie können? Manchmal hatte ich darauf aufmerksam gemacht, aber meist Sprachlosigkeit oder Augenverdrehen geerntet.

Ich zog meinen Mantel aus und nahm mir aus dem Zeitschriftenstapel den neuen „Spiegel", bevor ich mich auf einen der freien Armlehnstühle setzte. „Konsumverzicht – Weniger haben, glücklicher leben", las ich die Überschrift und war gespannt, wie Armut glücklich machen konnte.

In der geschäftigen Atmosphäre aus Telefonläuten, Gerede und Gerenne, war ich zu unkonzentriert und daher blätterte ich in der Zeitschrift, las einige Überschriften und betrachtete verstohlen andere Patienten. Mir schräg gegenüber saß eine Dame, unwesentlich älter als ich, die der Tochter begeistert Details ihrer Donaukreuzfahrt schilderte. Daran nicht interessiert las die junge Frau in einer Zeitschrift und wies nach kurzer Zeit genervt ihre Mutter zurecht: „Mensch, Mama, ich kann es bald singen. Alles hast du in den letzten Tagen tausendmal erzählt." Beschämt entschuldigte sich die Mutter, schwieg und knetete die Hände im Schoss. Die Tochter verzog stöhnend den Mund und widmete sich wieder der Zeitschrift. Die Mutter schwieg, ihre Begeisterung war erstickt. Sie tat mir leid. Am rechten

Ringfinger trug sie zwei Eheringe, offenbar war sie Witwe.

„Frau Starke, und …? Getropft?", rief die junge Arzthelferin laut von weitem und kam auf quietschenden Gummisohlen auf mich zu. Ein streng gebundener blonder Zopf gab ihr kugelrundes Gesicht preis und betonte die zu einem Strich aufeinander gepressten Lippen. Der laute Tonfall ärgerte mich, zumal die Helferin mit einem jungen Mann in normaler Lautstärke redete. Ich war nicht schwerhörig. In letzter Zeit sprach man mich häufiger laut an. Anscheinend war reifes Alter ein Signifikant für Hörschwäche, folglich die Legitimation, angebrüllt zu werden. „Nein", antwortete ich knapp.

Plötzlich, ohne Ankündigung riss die Arzthelferin mein linkes Augenlid hoch und befahl: „Kopf zurück, Kopf zurück, so, ein Tropfen, Auge schließen, zulassen." Dann wandte sie sich ab.

Ich kochte innerlich, fügte mich trotzdem dem Befehl. Am liebsten hätte ich die Praxis verlassen, ich traute mich nicht, ich blieb sitzen. Nach einer Weile quietschten die Schritte der Arzthelferin erneut heran und gleichzeitig erschallte die Stimme: „Augen auf, eben prüfen", und im selben Moment riss sie mein linkes Augenlid hoch.

„Vorsicht, es ist immerhin mein Auge", wehrte ich ab und guckte sie verärgert an, „und bitte sprechen Sie mit mir in einer normalen Lautstärke, ich brülle Sie ja auch nicht an."

Sie trat einen Schritt zurück, verzog spöttisch den kleinen Mund und sah aus dem Fenster: „Was ist los, liegt heute irgendetwas in der Luft?"

Mir blieb die Spucke weg. „Sie sind frech", schaffte ich noch meine Empörung auszudrücken, bevor sie achselzuckend zum Empfangstisch zurückging.

Bei dem Arzt, ein Mann Mitte fünfzig, beschwerte ich mich über das respektlose Verhalten seiner Angestellten. Umgehend wollte er sie zur Rede stellen. Das lehnte ich ab, mir lag nichts an einer erzwungenen Reue.

Hinterher im Café beschäftigte mich die ignorante Kaltschnäuzigkeit der jungen Helferin. Kaltherzig hatte sie mir Befehle erteilt. Haftete dem Alter etwas an, das jüngere Menschen zu einem würdelosen Umgang veranlasste? Augenblicklich dachte ich wieder an den älteren Herrn, der höflich, zugleich eindeutig auf die Unverschämtheit der Marktfrau reagiert und ihr den Grund für Despektierlichkeit entzogen hatte.

Ich blöde Kuh, schimpfte ich still mit mir selbst, ich hätte die Helferin bei der Suche nach dem „Etwas in der Luft" unterstützen sollen.

8

Wie gewohnt saß ich am Samstagmorgen nach dem Wochenmarktbesuch im Café. Angesichts des trüben und regnerischen Wetters sah ich dem Wochenende mit gemischten Gefühlen entgegen. Glücklicherweise war ich morgen Abend mit Brigitte in einer Pizzeria verabredet.

Wochenenden und Feiertage waren die weniger schöne Zeit für Alleinstehende wie mich. Aus Rücksicht auf Familien fanden Volkshochschulangebote und Yogakurse nicht statt, für Rockkonzerte fühlte ich mich zu alt. Allein ins Theater oder Kino gehen mochte ich ungern, denn ohne anschließende Reflexion reduzierte sich ein solcher Besuch auf eine Beschäftigung. Beschäftigungen und Zeittotschläger stimmten mich besonders traurig. Sie erweckten in mir das bittere Gefühl ein sinn- und folgenloses Dasein zu führen, unnütz zu sein. Spaziergänge für den Körper, Lesen für den Geist, Essen für den Organismus.

Heute regnete es unaufhörlich, sodass ich durchnässt aus dem Café zu Hause ankam. Sofort zog ich die nasse Kleidung aus und griff nach der Yogahose. Nein, ermahnte ich mich gedanklich, diese Hose nicht aus Bequemlichkeit. Mit Einstieg in mein Rentendasein hatte ich mir vorgenommen, keine Nachlässigkeit zuzulassen und möglichst geschminkt und gekleidet zu sein, als ob ich mich unter anderen Menschen befand. Es gelang mir nahezu. Auch diesmal beugte ich mich meinem Vorsatz und zog ein Kleid an, brachte mein Makeup in Ordnung.

In der Küche setzte ich Teewasser auf. Draußen lief eine ältere Dame mit einem Regenschirm und einem kleinen Hund an der Leine. Bei diesem Anblick flammte mein Verlangen nach einem Hund auf und den ganzen verregneten Samstag spiegelten sich in meinen Gedanken verschiedene Lebenssituationen mit einem Hund, wie er neben mir lag, während ich las, wie er vor Freude bellte, sobald ich nach Hause kam, wie ich bei schlechtem Wetter mit ihm um den See ging, und, und, und.

Am Sonntagmorgen war ich überzeugt, ein Hund würde meinem Leben einen Sinn geben. Konnte ich ihm gerecht werden? Urlaubsreisen waren für mich weitgehend ausgeschlossen, dafür fehlte das Geld. Was geschah, wenn ich plötzlich krank werden oder sterben sollte? Viele Gründe sprachen für eine Anschaffung, einige dagegen. Letzten Endes war ich mir im Klaren, falls ein Hund, dann einen bedauernswerten aus dem Tierheim, den niemand wollte. So könnte ich beruhigt sterben oder krank werden, der Hund hätte wenigstens eine Zeitlang ein gutes Leben gehabt.

Im Internet suchte ich Adressen von Tierheimen, betrachtete Fotos von Hunden und recherchierte nach Ansprüchen verschiedener Rassen, Mischlingen und Größen. Ein Hund war eine schöne Perspektive, die mich trotz Dauerregen fröhlich stimmte.

Als ich am späten Sonntagnachmittag ins Bad ging, um mich für die Verabredung mit Brigitte fertig zu machen, wusste ich, ein Berner Sennenhund, wie unser geliebter Moritz, war für die Wohnung zu groß. Für mich würde ein Schapendoes, eine holländische Rasse mittlerer Größe, oder ein ähnelnder Mischling passend sein. Bei dem Gedanken an einen Mischling sagte ich laut zu meinem Spiegelbild: „Ich nehme keine typische Promenadenmischung mit kurzem schwarzem Fell, kurzen Beinen, dickem langen Leib und kleinem Kopf." Mein Hund sollte gut aussehen und mir gefallen. Möglicherweise würde mich ein Hund etwas aufwerten, spekulierte ich, und mir neue Kontakte verschaffen. Angeblich lernten sich häufig Menschen über die Nähe zum Tier kennen.

Gut gelaunt betrat ich die Pizzeria. Brigitte wartete bereits in einer Ecke mit der Speisekarte in den Händen. Ich begrüßte sie und bemerkte sofort ihre verweinten Augen. Was war passiert?

„Ich bin fertig, völlig fertig. Heute Nachmittag ist Vanessa fluchtartig abgereist. Dieses Kind hat mir unglaubliche Vorhaltungen gemacht." Brigitte holte tief Luft und zählte an ihren Fingern auf: „Ich bin dumm. Ich habe keine Ahnung, was auf der Welt los ist. Ich sitze im goldenen Käfig. Ich lasse ihren tollen Vater für mich schuften. Ich bin eine Zecke und sauge ihm die Lebensenergie ab, und, und, und. Da bin ich geplatzt und sie ist aufgesprungen, schlug die Türen, jede einzelne Tür. Sie weiß genau, wie wenig ich Türenschlagen aus-stehen kann", hob Brigitte die Stimme und ihre Augen verengten sich zu Schlitzen. Sie stellte die Ellbogen auf den Tisch und kniff die Lippen zusammen, das Kinn bebte: „Ihr Besuch war eine einzige Provokation. Kurz nach der Ankunft am Freitag stank es ihr zu steril im Haus. Entweder sollte ich mir einen neuen Mann suchen oder ich müsste dringend meinen Reinlichkeitswahn zu Gunsten der Umwelt therapieren lassen. Frech, oder? Als ob das eine mit dem anderen im Zusammenhang steht.

Den ganzen Samstag rannte sie in Socken umher, ging auf die Terrasse zum Rauchen und wollte sich tatsächlich mit den dreckigen Dingern auf das helle Sofa legen. Sie wusste genau, dass es mich ärgert. Selbstverständlich habe ich geschimpft, sie ist neunundzwanzig Jahre alt und immer schmuddelig und neuerdings diese Rasta-locken. Ein Brutgebiet für Kopfläuse." Brigittes Stimme brach. Sie rieb ihre gefalteten Hände unruhig aneinander und bemühte sich nicht zu weinen.

„Abends besuchte Vanessa ihren toleranten Vater. Rudi ist mit ihr Pizzaessen und Biertrinken gegangen. Heute Morgen gegen drei Uhr kam sie nach Hause. Rudi hat wirklich nicht mehr alle Tassen im Schrank, sich mit der eigenen Tochter zu besaufen. Das Zimmer stinkt wie eine Brauerei. Gegen Mittag stand Vanessa auf. Fragen stellen durfte ich nicht. Provokativ setzte sie sich im Schneidersitz, das musst du dir mal vorstellen, mit neunundzwanzig Jahren in einem Schneidersitz auf einen Esszimmerstuhl und hangelte sich an den Frühstücks-tisch. Angewidert nörgelte sie an den Servietten herum, an der Tischdecke, an den Löffeln in der Marmelade. Ich kochte innerlich, aber schwieg. Als Höhepunkt servierte sie mir ihr Verständnis für Rudi, die Enge mit mir in dieser scheiß kleinbürgerlichen Absteige nicht mehr ertragen zu haben. Den Rest kennst du." Brigittes Augen bewegten sich aufgeregt hin und her, sie biss sich mehrfach auf die Unterlippe und sagte dann: „Glaubst du, sie erkundigt sich einmal nach meinem Befinden, nie. Das ist der Dank, dass ich alles für sie getan habe." Die filigranen goldenen Kreolen schaukelten unruhig hin und her. Ihre rechte Hand hielt sie vor die Augen, unterdrückte Tränen, tupfte ihre Wangen ab, um das Makeup nicht zu ruinieren.

Vor jedem Besuch von Vanessa war Brigitte überglücklich und hinterher enttäuscht. Wenngleich ich ihre Tochter in mancher Hinsicht verstand, tat Brigitte mir leid. Ihr Bemühen um Ordnung und Sicherheit und Harmonie im inneren Gefüge wie um die Wirkung nach außen nahm viel Raum in ihrem Leben ein.

Als kinderlose Frau erlaubte ich mir natürlich keine Ratschläge und fragte mich, was schlimmer war, ohne Kind zu sein oder von einem geliebten Kind nicht akzeptiert zu werden. Ich tröstete Brigitte in Erinnerung an unsere eigene Jugend, in der man alles unternahm, um sich von den Eltern abzugrenzen. „Nimm es Vanessa nicht übel, vielleicht leidet sie unter der Diskrepanz zwischen ihren Elternteilen und sucht für sich den richtigen Weg", sagte ich und legte die rechte Hand auf ihren linken Unterarm. „Trotz Auseinandersetzungen ist sie immer zu dir gekommen und ihr verbrachtet miteinander auch schöne Tage. Ärgere dich nicht, sie weiß bestimmt, dass du es gut meinst. Lass uns einen Prosecco trinken, dann sieht alles besser aus."

„In solchen Situationen sollte man einen klaren Kopf behalten", biss Brigitte sich auf die Lippen und rieb die Hände.

„Du sollst deine Probleme nicht im Alkohol ersticken, du sollst die Geschichte mit Vanessa lediglich lockerer sehen", widersprach ich.

„Da soll Prosecco helfen? Das ist der direkte Weg in den Alkoholismus."

„Prosecco soll nicht helfen. Deine Probleme sehe ich durchaus und was Alkoholismus angeht, bin ich bestens informiert." Ich nahm das Glas und trank einen kräftigen Schluck, dann sprach ich über das Telefonat mit meiner Schwester und ihrem Starrsinn in Hinblick auf Alkohol und Nikotin. „Übrigens, Werner ist ein ähnlicher Kandidat, wenn ich rauche, meint er an Krebs zu erkranken."

Dass ein Nichtraucher wie Werner Nikotin verabscheute, war in Brigittes Augen nachvollziehbar. Sie hielt es für eine von seinen positiven Eigenschaften und begann weitere aufzuzählen: bodenständig, zufrieden, sparsam, gepflegt, Ordnung liebend, vernünftig.

Die Tugenden aus Brigittes schmalem, verzerrtem Mund ließen mich schaudern. „Mir ist er zu vernünftig und zum Fürchten zufrieden. Er will nichts mehr, er ist nicht neugierig, er will alles wie gewohnt. Meiner Meinung nach steht Werner bereits mit einem Bein im Grab."

Dem widersprach Brigitte, sie erlebte Werner überwiegend lustig und nie trübsinnig.

„Ja eben, er ist lustig, aber nicht begeisterungsfähig. Er hat immer einen Scherz auf Lager und schmettert jeden ernsthaften Inhalt ab."

Brigitte verstand nicht, was ich wollte und was es an Werner herumzunörgeln gab. Als fünfundsechzigjährige

Witwe sollte ich froh über einen dermaßen pflichtbewussten Mann sein, sozusagen einer Stecknadel im Heuhaufen.

Vor der Nacht mit Werner war ich mit Brigittes Lobpreisungen ironisch umgegangen, jetzt ärgerten sie mich. „Ich will nicht nur sicher leben, ich will auch nicht überleben, ich will etwas erleben, es soll sich etwas bewegen", verkündete ich leicht gereizt, „ich möchte Lust leben und mal über Grenzen gehen."

„Ach, denk an dein Alter, schnell bist du fünfundsiebzig und brauchst einen verlässlichen Partner. Mit Werner kann man Pferde stehlen und er ist wirklich zuverlässig", verteidigte Brigitte ihn weiter.

Sie verstand mich nicht oder wollte mich nicht verstehen, daher versuchte ich mich zu erklären. „Werner ist sehr nett, aber leben könnte ich nicht mit ihm. Ich will weder in einem Siedlungsgefängnis wohnen noch tagein, tagaus das gleiche reden, essen und trinken, um gut verdauen zu können. Außerdem ist mir gleichgültig, wann der Nachbar den Rasen mäht. Ich bin in einem Alter, in dem ich das tun möchte, was ich für richtig halte und nicht, was die Seniorenratgeber vorschlagen. Ich möchte Lebensfreude fühlen und sie mir nicht einreden müssen, wenn ich die Fugen zwischen den Gehwegplatten auskratze." Mein Ton war angespannt und Brigittes Reaktion ebenfalls.

„Du bist nicht gezwungen mit ihm zu leben", reagierte sie streng und lenkte das Gespräch auf die bevorstehende Renovierung ihres Schlafzimmers. Ich schwieg und verspürte eine Sehnsucht nach etwas, was ich nicht zu benennen in der Lage war, vielleicht Sehnsucht nach lebendigem Leben.

9

Beim Aufwachen schmeckte ich zuallererst Knoblauch, zudem war ich müde, ich hatte schlecht geschlafen. Nie wieder Knoblauch mit Rotwein am Abend schwor ich mir zum zigsten Mal, doch sobald ich vor der Wahl stand, wurde ich rückfällig.

Misslaunig kroch ich aus dem Bett, der Rücken schmerzte. Ich putzte meine Zähne, dehnte den Hals nach links, nach rechts, rollte die Schultern und fand mich im Spiegel ziemlich mitgenommen. Das linke Ohr rauschte bemerkenswert stark und Druck mit dem Zeigefinger auszuüben half nicht. Ich fragte mich, ob das Rauschen mit Alkohol im Zusammenhang stand, aber verwarf die Überlegung, schließlich hatte ich innerhalb von vier Stunden bis auf ein Glas Prosecco und ein Viertel Rotwein nichts getrunken. Der Abend war blöd gewesen. Brigittes Klagen über die bevorstehenden Renovierungs- arbeiten hatten mich irgendwann gelangweilt.

Auf dem Weg zurück ins Schlafzimmer forderte mich jetzt meine orange Yogamatte und das Yogakissen für Übungen auf. Ich zögerte. Heute nicht, entschied ich und legte mich zurück ins Bett. Auf Anhieb setzten

Gewissensbisse ein: ich lebe allein, ich muss so lange wie möglich allein zurechtkommen. Was bedeutet eine halbe Stunde Lebenszeit für einen beweglichen Körper? Also stand ich wieder auf, zog mich warm an, öffnete die Balkontür und verrichtete wie jeden Morgen zuerst Atemübungen, dann Sonnengrüße und zum Schluss ging ich kurze Zeit in die Stille. Danach fühlte ich mich gut, stolz klopfte ich gedanklich auf meine Schultern.

Das Badezimmer roch nach Pizzeria, die Kleidung vom gestrigen Abend warf ich sofort in den Wäschekorb. Meinen Körper schnüffelte ich sorgfältig ab, unter den Achselhöhlen, am Arm entlang, ich zog eine Haarsträhne nach vorn. Alles roch nach Pizzeria, ich musste duschen und Haare waschen.

Gegen zehn Uhr dreißig saß ich wie frisch aus dem Ei gepellt im Lokal und bestellte Cappuccino, holte die „Frankfurter Allgemeine Zeitung" und richtete mich an meinem Platz direkt neben dem Eingang ein, als plötzlich die Tür aufschlug und eine Frau mit dem Gesicht nach unten in den Raum stürzte.

Ich erschrak. Was war geschehen? Ich sprang auf, dann schnell drei Schritte zu der Frau, beugte mich hinunter, fasste sie an die rechte Schulter: „Sind Sie gestolpert?"

Die Frau wimmerte. Ich vernahm den unangenehmen, allerdings äußerst vertrauten Geruch von Alkohol.

„Es ist etwas passiert. Hilfe, schnell", rief ich über meine Schulter laut in das Lokal und hörte die junge Serviererin: „Ich rufe einen Krankenwagen."

Was sollte ich tun? Erste Hilfe? Beherrschte ich nicht. Die Frau zitterte am ganzen Körper. Sie musste schnellstens auf die Seite gelegt werden, aber das schaffte ich nicht. Ich legte meine Hand beruhigend auf ihren Rücken und sprach ihr zu: „Ganz ruhig, wir helfen Ihnen sofort." Nervös drehte ich mich um, aber niemand kam. „Es muss jemand helfen, bitte", rief ich erneut. Zwischen den Oberschenkeln der Frau entdeckte ich einen dunklen größer werdenden Fleck. Sie nässte sich ein. Eingenässt hatte Roland sich nie. Aus der Broschüre der Suchtklinik wusste ich, dass im fortgeschrittenen Stadium des Alkoholismus Bewusstseinsverlust mit Einnässen eine vieler Erscheinungen war. „Es muss jemand mit anfassen, bitte", rief ich ein weiteres Mal.

„Lass sie liegen, ich kümmere mich gleich. Setzt euch alle wieder auf eure Plätze", brüllte ein Kellner von weitem.

„Wenn nicht sofort jemand hilft, dann schreie ich", rief ich ängstlich und ärgerlich.

„Werde man nicht hysterisch wegen der Schnapsdrossel, ihr Mann kommt gleich", brüllte der Angestellte durch das Lokal.

Frech, wie er mit mir sprach. Gäste standen um mich herum, sie gafften, sie tuschelten, sie zischten, guck, die hat sich eingenässt, wie schrecklich, wie eklig, ach, die säuft schon lange, der arme Mann, Kinder haben sie nicht. Aber niemand half.

„Ich bin Arzt, bitte machen Sie Platz", hörte ich zu meiner Erleichterung. Hände erfassten meine Ellbogen und halfen mir hoch. Mir war schwindelig, ich be-fürchtete das Versagen meiner Knie und suchte Halt an der Tischkante.

„Die Frau muss in die Seitenlage. Bitte rollen Sie eine Decke für den Kopf zusammen, alles andere mache ich."

Benebelt folgte ich den Anweisungen und hatte immer die Frau im Auge. Sie war jung und sicherlich keine fünfzig Jahre alt, ihr Haar war voll und dunkel. Als der Arzt sie mit Hilfe eines jüngeren Mannes in die Seitenlage brachte, sah ich das dunkelrot geäderte Gesicht der Frau und erinnerte mich an sie. Vor einiger Zeit hatte sie an einem Tisch mit einem Cognac vor sich hin gebrabbelt und minutenlang in ihrer Handtasche gekramt.

Der Arzt hob nacheinander ihre Augenlider, er sprach sie an, worauf sie Unverständliches nuschelte und aufzustehen versuchte.

„Ganz ruhig, bitte bleiben Sie liegen, der Kranken-wagen kommt sofort", strich er sanft über ihre halblangen Haare. Besonnen suchte er ihren Puls und sah auf die Armbanduhr.

„Hi, ich bin der Geschäftsführer. Ihr Mann kommt gleich", kam der ungefähr fünfunddreißigjährige Kellner. Seine Haare waren mit Gel gestylt, die Augen bewegten sich unruhig, er kaute Kaugummi mit offenem Mund und gab beim Reden ein lückenhaftes Gebiss preis.

„Haben Sie einen Krankenwagen gerufen?", fragte der Arzt und in diesem Augenblick erkannte ich ihn, es war der ältere Herr vom Wochenmarkt. Sicher war ich mir,

als er aufstand und sich auf den Geschäftsführer zube-
wegte, er zog das linke Bein nach.

„Ich habe den Krankenwagen gerufen", rief die junge
Kellnerin, die mit etwas Abstand die Situation ängstlich
beobachtete.

„Sag mal, bist du bekloppt?", blaffte der Geschäftsführer aggressiv, „ich habe von ihrem Mann den Auftrag,
ihn anzurufen, wenn sie besoffen ankommt. Meinst du,
sie soll uns umsonst den ganzen Stall vollpissen?" Dann
drehte er sich zum Arzt zurück: „Wenn der Kerl kommt,
kriegt er die mit und sonst keiner." Angewidert wandte
er sich an die Frau am Boden: „Hast du gehört, du gehst
mit, hast wieder alles vollgepisst hier."

Wimmernd wälzte sich die Frau hin und her, Rotz lief
ihr aus der Nase. Ein erschütternder Anblick. Ich war mir
sicher, falls sie sich selbst sehen könnte, sie würde sich
schämen.

„Halten Sie sich zurück, diese Frau kommt in ein Krankenhaus. Als Arzt ist es meine Pflicht, dafür zu sorgen,
dass sie unbeschadet von einem Arzt abtransportiert
wird."

„Ganz ruhig, in diesen Räumen entscheide ich, Herr
Doktor."

Unglaublich, dass der Angestellte dem Arzt
widersprach. Bevor ich eingreifen konnte, drohte der
Arzt mit einer Anzeige wegen Behinderung von
Hilfeleistung. Zeitgleich nahte die Sirene des Kranken-
wagens. Der Geschäftsführer zog sich wutschnaubend
hinter die Theke zurück und es dauerte nicht lange, bis

sich zwei Sanitäter und ein Notarzt um die Frau kümmerten und sie in wenigen Minuten auf einer Trage in den Krankenwagen brachten. Sie wälzte den Kopf hin und her, wimmerte und schlug mit den Armen.

Alle sahen den Sanitätern nach, und als sich die Tür schloss, war es bis auf die leise Hintergrundmusik still im Lokal. Die Vorstellung war vorüber. Wie angewurzelt und sprachlos blieb ich mit den anderen Gästen stehen. Plötzlich wurde die Tür geöffnet und ein großer, gutaussehender Mann in einem grauen Anzug und Krawatte betrat das Lokal, fragte allem Anschein nach per Kopfzeichen in Richtung Theke: Wo ist sie?

Genauso hatte ich mir den Ehemann vorgestellt und verfolgte, wie der Geschäftsführer seine rechte Hand flach auf die Brust legte, demütig den Kopf neigte und auf den Mann einredete, der seine Hände in den Hosentaschen vergrub und auf und ab wippend zuhörte. Sein Gesichtsausdruck wurde zunehmend ernster. Dann kratzte er sich kurz am Hinterkopf, nickte, drehte sich um und ging nachdenklich auf den Arzt zu, der neben mir stand. Bevor der Ehemann zu reden begann, schloss er den mittleren Knopf seines Jacketts, als ob er sich für einen offiziellen Auftritt rüstete: „Guten Tag, Sie sind der Arzt? Haben Sie Ihre Praxis hier vor Ort, ich kenne Sie nicht. Ich frage mich gerade, ob Sie in Ihrem Alter überhaupt noch praktizieren dürfen?"

„Praktizieren darf ich bis zum Ende des Lebens. In einem Notfall bin ich sogar verpflichtet. Sicherlich kennen Sie den Eid des Hippokrates."

„Ist gut, ist gut", hob der Ehemann eine Hand und grinste abfällig, „ich will Ihnen nichts vorwerfen, mir geht es lediglich um den Geschäftsführer. Bitte, machen Sie ihm keine Schwierigkeiten, er war aufgeregt, aber wollte Sie nicht behindern." Er nickte kurz und verließ das Lokal.

„Affe", stieß der Arzt aus und sah mich kopfschüttelnd an, „bei dem Kerl kann man wahrscheinlich nur zur Alkoholikerin werden."

Ich traute meinen Ohren nicht. Was sagte er? Ohne große Überlegungen schnauzte ich: „Das ist eine gemeine Voreingenommenheit, ich selbst war Jahrzehnte Ehefrau eines Alkoholikers." Wütend griff ich nach meiner Jacke und Tasche.

„Entschuldigen Sie bitte, Sie haben mich missverstanden. Ich wollte den Einzelfall nicht generalisieren, dieser Mann kam mir kalt vor, er fragte nicht nach seiner Frau, er gab sich fürchterlich arrogant", berührte der Arzt mich am Arm, „es tut mir leid. Bitte entschuldigen Sie, ich würde Sie gern zu einem Kaffee einladen."

„Danke", zog ich den Arm weg. Meine Kehle brannte, mit viel Kraft hielt ich die Tränen zurück. Sieben Jahre war Roland tot und die Vorurteile schmerzten nach wie vor. Nicht allein den Ehemann hatte ich verteidigt, im weitesten Sinne verteidigte ich mich nachträglich. Nun wollte ich fort, hinaus aus diesem Lokal. Mein schönes Lokal, meine wichtigste Stunde am Tag war zerstört. Kaputt! Ein Arzt sollte sich mit Alkoholismus auskennen und nicht derartige Vorurteile zum Besten geben, dachte ich. Blödmann!

„Es tut mir aufrichtig leid, ich habe nicht darüber nachgedacht, es kam einfach aus mir heraus. Bitte, tun Sie mir den Gefallen, setzen wir uns."

Nach kurzem Zögern willigte ich ein. Warum sollte ich das Lokal wütend verlassen? Vielleicht hatte er es wirklich unüberlegt geäußert. Er war älter und praktizierte vermutlich länger nicht mehr. Ich hockte mich auf die vordere Kante des Stuhls: „Man sollte den Mann nicht verurteilen. Wer eine Zeitlang mit einem Alkoholkranken lebt, wird gleichgültiger. Wahrscheinlich holt er seine Frau oft aus Lokalen ab."

Der Arzt gab mir recht und betonte ein weiteres Mal, es gedankenlos hingeplappert zu haben und wollte sich unbedingt mit einem Kaffee bei mir entschuldigen.

„Es ist in Ordnung", stöhnte ich, „trinken wir Kaffee, aber ich müsste vorher meine Hände waschen."

„Das trifft sich gut, in der Zeit gehe ich nach draußen und rauche eine Zigarette. Entschuldigen Sie, darf ich Sie eventuell zu einer Zigarette einladen?", fragte er vorsichtig.

Einen Raucher zu treffen, freute mich und ich nahm die Einladung an. Als ich zurückkam, saß er draußen an einem Tisch und hatte sich eine Decke umgelegt. Es war kühl, ich nahm mir ebenfalls eine Decke. Wir zitterten, weniger vor Kälte, als vor Aufregung wegen der erlebten Situation. Jeder für sich äußerte, gewöhnlich wenig zu rauchen, allerdings erlaubte das Ereignis eine Zigarette am Morgen.

„Der Geschäftsführer ist verroht", merkte der Arzt an, „eiskalt hätte er die Frau liegen gelassen. Auch ich beeindruckte ihn nicht. Als ich sein Knast-Tattoo entdeckte, dachte ich Freundchen, dich kriege ich." Die Augen des Arztes blitzten triumphierend. „Zu neunzig Prozent Bewährung. Die drohende Anzeige ließ ihn ruhiger werden."

Knast-Tattoo war mir kein Begriff. Den Ausdruck Knast kannte ich und wusste, was ein Tattoo war, aber ein Knast-Tattoo war mir unbekannt. Der Arzt schien zu wissen, wovon er sprach. Gleich als ich ihn um nähere Ausführung bat, spreizte er die Finger, gepflegte schlanke Finger, und zeigte mir drei Stellen zwischen Daumen und Zeigefinger, wo Punkte angeordnet wurden, die für Glaube, Liebe und Hoffnung standen und einen klaren Hinweis auf den Ehrenkodex unter Inhaftierten gaben. Er räumte schmunzelnd ein, nicht den Eindruck erwecken zu wollen, im Knast gesessen zu haben, manchmal war er beruflich mit ehemaligen Straffälligen zusammengekommen.

Dass ein Arzt im Krankenhaus auch Straffällige betreute, konnte ich mir gut vorstellen und bedankte mich für die Erklärung.

Nach der Zigarette gingen wir zurück ins Lokal und setzten uns an meinen vorherigen Platz neben der Eingangstür. Ich betrachtete diesen zierlichen Mann, vermutlich ein feinsinniger Mann. Sein Gesicht war ebenmäßig, seine Augen lebendig und sein Mund durchblutet und wohl geformt. Wir bestellten Cappuccino, lobten das Lokal und das gute Angebot an Zeitungen und Zeitschriften. Ich fühlte mich nicht wohl und war froh, als endlich der Cappuccino gebracht wurde, um mich bald diesem Small-Talk entziehen zu können.

„Ich vertraue Ihnen ein Geheimnis an", legte der Arzt die Unterarme auf den Tisch und sah mich an, „ich bin kein Arzt. Erklären Sie mich bitte nicht für verrückt, das bin ich auch nicht." Dann schwieg er.

Was sollte ich davon halten? Nahm er mich nicht ernst und wollte mich verulken? Auf dem Wochenmarkt war ich von ihm beeindruckt gewesen, in diesem Moment fürchtete ich, es mit einem eigenartigen Kauz zu tun zu haben. Gleichgültig fragte ich: „Und warum haben Sie sich als Arzt ausgegeben?"

„Ihr Hilferuf und die freche Reaktion des Geschäftsführers haben mich aufhorchen lassen." Erklärend fügte er hinzu, nicht ganz unbescholten zu sein, als Zivildienstleistender war er achtzehn Monate Sanitäter gewesen, dann hatte er drei Semester Medizin studiert. „Weil ich eine Leidenschaft für Geschichte hatte, wollte ich Historiker werden, aber wurde letzten Endes Maschinenbauingenieur. Das nur am Rande, damit Sie wissen, dass ich nicht verrückt bin."

„Das habe ich nicht angenommen", sagte ich, aber zweifelte ein wenig.

„Dann bin ich zufrieden. Der Ehemann wäre mir beinahe auf die Schliche gekommen. Haben Sie es ge-

merkt? Meine Rettung war der Eid des Hippokrates."
Abwartend blickte er mich an und tippte mit dem rechten
Zeigefinger auf die Nasenspitze, bevor er fortfuhr: „Sie
müssen wissen, ich wechsele öfter in eine andere Rolle,
um mir Gehör zu verschaffen. Älteren und alten Menschen hört man so gut wie nie zu, wobei ein Titel oder
ein anerkannter Beruf oft Wunder wirken. Probieren Sie
es, Sie werden sehen, es funktioniert."

Seine Gründe verblüfften mich. Dieser Mann war kein
Kauz, er wusste, was er tat. Eine geniale Idee, die
sicherlich Mut erforderte. Ich musste lachen. „Sie haben
in weiser Voraussicht gehandelt und sich nichts vorzu-
werfen."

„Danke, Sie verstehen mich."

Immer wieder musste ich lachen. Seine Raffinesse
beeindruckte mich. Ich war froh, mich nicht geirrt zu
haben. Er war kein Spinner, er war nicht verrückt, er war
wunderlich, überlegte ich und meine Achtung vor ihm
kehrte zurück.

„Nun kennen Sie mein Geheimnis und ...", er
unterbrach den Satz, „übrigens, vielen Dank, dass Sie
mich vorhin zurechtgewiesen haben. Vorurteile drängen
gern nach außen, ohne erwünscht zu sein. Nunmehr bin
ich neugierig auf Ihr Leben, auf das jahrzehntelange
Leben als Ehefrau eines Alkoholabhängigen."

Seine Art verunsicherte mich. War die Frage blanke
Ironie oder interessierte es ihn wirklich? Nachdenklich
sah ich ihn an und fand ernsthafte Züge in seinem
Gesichtsausdruck. Was sollte ich über das Leben mit

Roland erzählen? Mit ähnlichen Ereignissen, wie soeben erlebt, konnte ich nicht dienen und wenn, würde ich bestimmt nicht darüber reden. „Meine Rolle habe ich nie gewechselt, manchmal bin ich in andere Zusammenhänge geschlüpft, die mir angenehm erschienen. Ich bin in Romane und Geschichten eingetaucht und habe mich mit einer mir sympathischen Charaktere identifiziert." Dass ich hin und wieder sogar in einen Protagonisten verliebt gewesen war, behielt ich für mich.

„Dann haben Sie viel erlebt."

„Ja, ich war auf manch interessanter Party und hatte nette Stunden an anderen Orten. Aufregende Geschichten in Brooklyn New York am Prospect Park beim Zigarettenkauf oder unter dem Mond von Manhattan." Ich lachte still in mich hinein.

„Ein interessantes Leben, wie mir scheint", nickte der ältere Herr staunend mit vorgeschobenen Lippen.

Weiterhin erläuterte ich, dass mir meine Leseleidenschaft während des zurückgezogenen Zusammenlebens mit Roland schöne Stunden eröffnet und mir Lebenskraft verliehen hatte, sodass ich vordergründig das Bild einer zufriedenen Frau entsprach, hinter deren Fassade niemand eine einsame Frau ohne soziale Kontakte vermutete. Meine Vergangenheit sprudelte nur so aus mir heraus. Ich offenbarte meine Minderwertigkeitsgefühle und sprach über die Furcht bei neuen Kontakten, irgendwann als die Frau identifiziert zu werden, deren Mann sich totgesoffen hatte.

Mein Gegenüber hörte aufmerksam zu und als ich auf die deprimierende Rolle der Lebenspartner eines Alkoholikers oder einer Alkoholikerin zu sprechen kam, sah er mich fragend an.

„Ja, der Lebenspartner ist immer der oder die Dumme. Genau wie Sie, vermuten die meisten Menschen im Partner die Ursache der Krankheit. Und für die wenigen, die die Krankheit im Wesen des Säufers vermuten, bleibt trotzdem der Partner der oder die Dumme, weil er oder sie zu blöd gewesen war, es frühzeitig zu merken und sich zu trennen. Und Sie werden es nicht glauben, das Allerschlimmste ist, man nimmt es selbst an und verkriecht sich vor anderen. Letzten Endes sind beide stigmatisiert."

Nachdenklich tippte der ältere Herr mit seinem rechten Zeigefinger an die Nasenspitze. „Das verstehe ich. Man kann sich drehen und wenden wie man will, man gehört nicht zu den anständigen Gutbürgern, den Normalos." Er lächelte mich an: „Seien Sie nicht traurig, Sie sind nicht die einzige, viele Menschen teilen Ihr Los, auch ich. Nicht dazuzugehören, auf keinen festen Freundeskreis zurückgreifen zu können ist heutzutage fast schlimmer als früher die Pest. Und erst im Alter. Oh je, wo Freunde ein langes Leben garantieren", schmunzelte er geheimnisvoll. „Da können Sie mal sehen, ein Leben lang ist man einsamer Außenseiter und dafür muss man früher sterben. Ungerecht, oder?" Er holte tief Luft und lehnte sich auf dem Stuhl zurück: „Doch alles hat zwei Seiten. Nicht dazuzugehören kann meines Erachtens auch etwas

Befreiendes haben, denn man kann nicht vereinnahmt werden."

So gesehen, hatte er recht. Ich dachte an Werner, an seine seit seiner Jugend existierenden Clique. Jeder Geburts-tag, jeder Jahreswechsel wurde gemeinsam gefeiert, vierzehntägig wurde gekegelt und bei den Radtouren trugen weitgehend alle Männer beige Blousons und die Frauen rote. So offen ich für neue Kontakte war, wollte ich zu dieser Gruppe nicht gehören.

Plötzlich sah der ältere Herr auf die Uhr: „Ich habe die Zeit ganz vergessen, ich muss nach Hause und mich um einen Hund kümmern. Entschuldigen Sie bitte den abrupten Aufbruch. Kommen Sie morgen wieder hierher zum Kaffee? Es würde mich freuen. Ich möchte nicht aufdringlich sein, aber wollen wir uns eventuell verbindlich verabreden? Gewissheit ist mir lieber, ich muss nicht fürchten, dass Sie nicht kommen und nicht hoffen, dass Sie kommen. Sollen wir uns um zehn Uhr hier zum Kaffee treffen? Ich könnte mich die ganze Zeit auf morgen freuen."

Eine Direktheit, die ich mochte. Ich willigte ein, eine verbindliche Verabredung war mir ebenfalls lieber. Erst hinterher wurde mir gleichzeitig warm und kalt.

Auf dem Nachhauseweg spielten sich gedanklich Details vom Vormittag ab. Der nette Mann war ein ausgesprochen interessanter Gesprächspartner. Ich kannte seinen Namen nicht, er meinen nicht. Sollte er morgen verhindert sein oder ich plötzlich umkippen, konnten wir uns nicht erreichen. Warum sollte ich umkippen, ich freute mich auf morgen.

10

Guter Dinge besuchte ich am späten Nachmittag das Yogazentrum und wurde herzlich empfangen mit Komplimenten wie „Du siehst erholt aus", „Du siehst frisch aus", „Du siehst glücklich aus, die Reise nach Innen leuchtet aus dir heraus". Ich freute mich über meine positive Ausstrahlung, die ich auf die interessante Begegnung am Vormittag zurückführte. Sie bewegte mich nachhaltig. Während ich auf meiner Matte tief in den Bauch atmete, dachte ich an die gestürzte Frau, an den älteren Herrn, an seinen lebhaften Gesichtsausdruck, an seinen eigentümlichen Haarschnitt.

„Om", hörte ich die Lehrerin leise singen, das Signal für den baldigen Beginn der Stunde. Plötzlich spürte ich eine warme Hand an meiner Wange. Erschrocken öffnete ich die Augen und blickte direkt in Kais lächelndes Gesicht.

„Schön, dass du wohlbehalten zurück bist. Ich habe oft an dich gedacht. Sprechen wir uns hinterher?", flüsterte er und legte seinen Daumen zwischen meine Augenbrauen.

„Ja", hauchte ich und schloss die Augen. Kais sich entfernenden Schritte spürte ich im ganzen Körper durch die Vibration des Bodens. Seine Berührung begleitete mich in den ruhenden Körperstellungen, den Asanas. Den Sonnengruß wie die verschiedenen Stellungen genoss ich unter der angenehmen Stimme der Yogalehrerin. In den Klöstern auf meiner Reise hatte ich mir ihre vertraute Stimme oft gewünscht, um mich wohler zu fühlen, ehrlicher, als in der Scheinwelt der buddhistischen großen Liebe, in der ich für ein kurzes Innehalten vor einer Buddha-Statue Geld bezahlen sollte.

Nach der Stunde hielt Kai mich eine Weile im Arm. Irgendwann löste er sich sanft: „Man spürt, du bist in deiner Mitte. Ich freue mich für dich, gern hätte ich dich begleitet." Er legte die Hände vor die Brust zusammen, das asiatische Zeichen höchsten Respekts, neigte den Kopf und flüsterte: „Namasté".

Ich mochte Kai und ich mochte seinen Hang zur Pathetik. „Es war eine interessante Reise, allerdings anders als erwartet. In meiner Naivität vermutete ich Thailänder und Laoten allezeit im Kloster betend, singend und meditierend. Ein Irrtum, schließlich müssen Buddhisten auch für ihren Lebensunterhalt sorgen. Dennoch, morgens kommen viele mit dem Moped zum Kloster, legen eine Opfergabe ab, beten kurz, verneigen sich und gehen anschließend ihren Verpflichtungen nach.

Das laotische Klosterleben kann man teilweise hautnah erfahren. Mönche stehen morgens gegen fünf Uhr auf, reinigen sich und ihre Umgebung, bevor sie hintereinander zu dem täglichen Bettelgang, Tak Bat, in den Ort aufbrechen und Speisen, die Opfergaben von betenden Frauen, in einem speziellen Behälter einsammeln. Das Ritual erfordert Schweigen und aufseiten der Mönche meditative Ruhe. Den Gebenden ist es eine Ehre, die Gegengabe ist spiritueller Art. Ein rührender Anblick, kann ich nur sagen. Tagsüber befinden sich die Mönche auf dem Klosterhof und im Ort, sie benutzen auch Handys. Die meisten Mönche sind Mönche auf Zeit, denn jeder männliche Buddhist sollte möglichst ein Jahr seines Lebens in einem Kloster verbringen. Mönche auf Lebenszeit entziehen sich höchstwahrscheinlich dem öffentlichen Leben."

„Konntest du gut meditieren?", fragte Kai.

„Nicht im Kloster, im Hotel habe ich mir immer Zeit für die Stille gegönnt", antwortete ich.

„Es tut mir leid", strich Kai über meinen linken Unterarm, „ich dachte, du hättest im Kloster mit Yoga in absoluter Stille gelebt."

„Das wollte ich nicht. Ich war neugierig auf die Alltäglichkeit und die habe ich erlebt." Dass ich mir zeitweise wie ein Gaffer vorgekommen war, behielt ich für mich.

Kai bedauerte, es heute eilig zu haben, und schlug vor, demnächst zusammen vietnamesisch essen zu gehen. Er war gespannt, was ich sonst zu berichten hatte. Gern hätte er länger mit mir gesprochen, aber die Ayurveda-Kochgruppe wartete auf ihn.

Kochen war Kais Leben. Mit bewusster Ernährung hielt er seinen schlanken, großen Körper, für ihn der „Kokon seines Geistes", gesund.

In unserem ersten Gespräch außerhalb des Yogacenters auf dem Wochenmarkt hatten wir uns angeregt über

Nahrungsmittel auseinandergesetzt. Ich aß fleischlos, aber besaß wenig Kenntnisse über vegane Kost. Spontan hatte Kai mich zu einer veganen Mahlzeit bei ihm zu Hause eingeladen. Gespannt auf ihn, auf diesen liebevollen, ruhigen und geduldigen Mann war ich zu ihm gegangen. Die asiatisch anmutende Atmosphäre in seinem kleinen Haus hatte mich begeistert. Veganes Essen zusammen mit energetisiertem Wasser und meditativer Musik war mir am ersten Abend sehr fremd gewesen, trotzdem hatte ich mich wohlgefühlt. Mit zweiundsechzig Jahren war Kai frühzeitig vom Lehrerberuf in die Pension gegangen und lebte seitdem nahezu wie ein Yogi, ernährte sich vegan und verzichtete auf Alkohol, Nikotin, Kaffee, Medien.

Anfangs war unser Zusammensein für mich erhellend gewesen, auf ausgedehnten Spaziergängen hatten wir uns unterhalten, geschwiegen und gelacht. Wir hatten vegane Mahlzeiten zubereitet und miteinander Abende verbracht, an denen Kai Gedichte oder Weisheiten rezitierte, aber zu meinem Bedauern nicht diskutierte. Diskussionen führten in seinen Augen zu nichts, sie raubten wichtige Energien und da alles eine Berechtigung im Leben besaß, erübrigten sie sich.

So lange ich Kai kannte, ging er nie verbal auf Einwände ein, sondern reagierte mit Berührungen, Stille, Lächeln. Eine Haltung, die mir nach wie vor Schwierigkeiten bereitete.

Zu einem Bruch unserer engen Beziehung hatte allerdings seine konsequente Befolgung von Lebensregeln geführt. Ob ich bei ihm gewesen war oder nicht, Kai war seinem Tagesplan gefolgt. Er stand morgens um fünf Uhr auf, meditierte, atmete, ließ auf frühen Spaziergängen den Körper wie den Geist sich entfalten, grüßte die Sonne, versank in ruhende Körperstellungen und gegen neun Uhr frühstückte er. Anschließend trank er verschiedene Tees, versorgte die Pflanzen, erntete oder kaufte ein und begann am frühen Nachmittag zu kochen, um pünktlich um sechzehn Uhr essen zu können. Gegen achtzehn Uhr nahm er das Abendprogramm auf mit Yoga, Rezitieren, Mantras, Sinnieren und gegen elf Uhr ging er ins Bett. Jeder Tag ähnelte dem vorherigen und dem nächsten, er war glücklich damit. Ich konnte es nicht fassen.

Einige Male waren wir zusammen ins Bett gegangen. Hinterher hatte Kai sich noch intensiver seinem Geist gewidmet und die halbe Nacht meditiert. Er passte auf sich wie auf ein schutzbedürftiges kleines Wesen auf.

Sukzessiv war ich einsamer geworden. Mir hatten spontane Lebendigkeit und Auseinandersetzungen, Rotwein und Zigaretten gefehlt. Damals wie heute wusste ich, nicht die Disziplin für ein Leben als Yogi zu besitzen und nicht besitzen zu wollen. Ohne große Worte hatte ich mich zurückgezogen. Monate später waren wir uns im Yogacenter begegnet und Kai hatte eingestanden, mich in der Rolle einer Vertrauten wieder lieben zu können. In der Zeit des näheren Zusammenseins hatte sein Wohlbefinden unter meinen Erwartungen stark gelitten, er hatte mich an seinem lebendigen Leib nagen gespürt. Das zu hören, war ein großer Schmerz für mich gewesen. Ich lehnte Kai nicht ab, im Gegenteil, ich respektierte seine Lebenseinstellung und genoss gelegentliche Verabredungen mit ihm.

11

Nach dem Yoga hatte ich gestern Abend ein Glas Rotwein getrunken und mich schwärmerisch Gedanken über den älteren Herrn hingegeben, wer er war, wie alt er war, ob er verwitwet war, woher er kam, und, und, und. Hierbei war mir bewusst geworden, bis auf seine Vorliebe in andere Rollen zu wechseln, nichts von ihm zu wissen. Die ganze Zeit hatte ich geredet, hatte mein vergangenes Leben vor ihm ausgebreitet, hatte mein Inneres nach außen gekrempelt. Was mochte er über mich gedacht haben? Hatte er aus Höflichkeit zugehört und mich im Stillen verhöhnt? Oder hatte er meinen Monolog als das Gerede einer einsamen Frau intepretiert, die nie Gehör bekam? Das wäre das Allerschlimmste.

Im Nachhinein war es mir sehr peinlich und ich stellte die Verabredung in Frage.

Heute Morgen entschied ich mich schweren Herzens gegen die Verabredung. Wer sich derart in den Mittelpunkt rückte, hatte es nicht besser verdient, wies ich mich gedanklich zurecht und kochte verärgert Tee, setzte mich an den Tisch und ließ das Gespräch von gestern Revue passieren. Langsam erinnerte ich mich an Bruchstücke, die der ältere Herr nach meinem Monolog erwähnt hatte. Er war einsam, er hatte keine Freunde, ausgegrenzt zu sein war für ihn befreiend. Also hatte ich doch nicht nur allein geredet und außerdem war seine Bitte um eine verbindliche Verabredung positiv zu bewerten. Nun entschied ich mich für die Verabredung.

In Gedanken sah ich ihn, sein Lächeln, die leuchtenden Augen und hörte die warme Stimme. An seinen schlanken Fingern mit kurz gefeilten Nägeln hatte kein Ehering gesteckt. Bemerkenswert waren die buschigen, geheimnisvollen Augenbrauen. Er musste ein Mann aus einer Großstadt sein. Mittlerweile war mir flau in der Bauchgegend. Er reizte mich, gleichzeitig fürchtete ich sein negatives Urteil über mich. Ich wollte nicht als geschwätzig gesehen werden, ich war nicht geschwätzig.

In diesem Gedankengewusel mit Hilfe von Yoga zur Ruhe zu kommen, gelang mir nicht. Zweimal grüßte ich halbherzig die Sonne und setzte mich auf mein Kissen. Schon wenige Minuten später stand ich im Badezimmer und bürstete mich. Meine Brüste schienen größer und schwerer als früher. Kai hatte sie Hügel genannt, Roland hatte sie die letzten Jahre vor seinem Tod nicht mehr berührt, der nächste Mann würde sie Berge nennen oder davor weglaufen. Der ältere Herr war klein und zierlich, ich dagegen monströs. Eine lächerliche Konstellation: Matrone mit kleinem Mann. Was für Gedanken mich bewegten, ich kannte den Mann erst einen Tag.

Nach der Dusche cremte ich mich ein und föhnte die Haare. Ich war froh, keinen Bob mit Herrenwinkern zu tragen. Wie lächerlich hätte ich ausgesehen.

Unentschlossen stand ich vor dem Kleiderschrank, was sollte ich anziehen? Mein Spiegelbild verunsicherte mich, der schwarze Büstenhalter und die schwarze Unterhose wirkten mächtig, zu mächtig, die Haut schlaff, die Taille zu dick, der Leib zu weiß. Höchstwahrscheinlich wirkte ich wie ein Fleischpaket neben dem zierlichen Mann. Dann dachte ich an mein Gesicht, das bei Aufregung einer glänzenden Speckschwarte glich. Früher hatte ich dagegen Puder aufgetragen, aber heute setzte sich Puder bei Schweißerscheinungen in die tiefen Gesichts- und Stirnfalten.

Einen Bügel nach dem anderen schob ich über die Stange, sämtliche Kleidungsstücke schienen mir unpassend. Der ältere Herr trug gestern eine grüne Hose und einen schwarzen Rollkragenpullover. Was spielte es für eine Rolle? Eine große, ich wollte ihm gefallen, er sollte mich mögen, weil ich ihn interessant fand. Jung war er nicht mehr, er war bestimmt siebzig Jahre alt oder älter. Letzten Endes entschied ich mich für einen langen Pullover in Petrol, meiner Lieblingsfarbe, und einem schwarzen wadenlangen Rock, kaschierte meinen Bauch und zeigte etwas Bein, ein Teil von meinen wenigen schlanken Körperteilen.

Kritisch betrachtete ich mich nochmals im Spiegel. „So sieht also eine ältere Frau auf Männersuche aus", sagte ich laut und fand mich gekleidet wie eine alte Tante. Ich ersetzte den langen Rock durch einen knieumspielten und war zufrieden.

Als das Telefon klingelte, fiel mir siedend heiß ein, dass ich vergessen hatte, Werner anzurufen.

„Moin, moin, Barbara, hier ist Werner. Wollte mich mal kurz melden."

„Schön, dass du anrufst, ich wollte dich auch anrufen, aber ...", stammelte ich und wusste keine Ausrede.

„Aber?", fiel Werner mir forsch ins Wort, „du bist ja nie zu Hause, wolltest du sagen. Tut mir leid. Tja, die Klassenfeier hatte es in sich. Nachmittags und abends war alles prima. Frühere Schulkameradin hatte nach der Feier richtig Pech, hatte den ganzen Abend getanzt, den einen und anderen getrunken, fährt mit dem Fahrrad los, fällt. Wer hat geholfen? Werner! Erst ins Krankenhaus, links Schlüsselbein gebrochen, rechts Handgelenk angeknackst, dann nach Hause. So kann es kommen, schneller, als man denkt. Sie kann gar nichts, der Mann ist lange tot, Kinder leben woanders, Nachbarin ist vierundachtzig, kann nicht. Na, du ahnst es, ich konnte sie sich nicht selbst überlassen, kümmere mich um alles. Am liebsten hätte ich vier Hände, um diese Zeit muss alles in die Erde, bei mir, bei ihr. Kaum zu schaffen für so einen alten Mann." Werner lachte, lachte laut und hölzern. „Dazu muss ich nachmittags auf meine Enkelin aufpassen. Ich dachte, ich rufe dich an, damit du keine Vermisstenanzeige aufgibst." Es folgten einige Floskeln, dann beendete er relativ abrupt das Gespräch.

Ich wunderte mich über ihn, er schien tatsächlich im Stress. Nach meinem Befinden hatte er sich nicht erkundigt, er hatte ohne Pause von sich selbst gesprochen.

12

Nach einigen Kontrollblicken in den Spiegel machte ich mich auf den Weg zum Lokal. Mit jedem Schritt stieg meine Nervosität und als ich meinen Verabredungspartner an demselben Platz wie gestern mit einer Tageszeitung in der Hand sah, begann ich zu allem Übel zu schwitzen. Ich begrüßte ihn mit belegter Stimme, hängte meinen Mantel an die Garderobe nahe dem Tisch und als ich mich setzte, lief mir kalter Schweiß die Achselhöhlen hinunter, der BH saß eng.

„Sobald man durch die Tür kommt, wird man von der warmen Luft regelrecht erschlagen", erklärte ich und pustete mit vorgeschobener Unterlippe Atem über mein Gesicht. Die Vorstellung einer glänzenden Speckschwarte saß mir im Nacken, sodass ich bemüht unauffällig mit dem Handrücken über die Stirn wischte, sie war nass. Dann stand ich auf, fingerte aus dem Mantel ein Papiertaschentuch und tupfte das Gesicht ab.

„Mir steht heute auch der Schweiß auf der Stirn", lüftete der ältere Herr mit dem rechten Zeigefinger seinen enganliegenden Rollkragen. „Bisher hatte ich hier keine Verabredung und meine erste ist mit einer so netten Frau.

Da kann man ins Schwitzen kommen", lächelte er mich an.

„Danke", lächelte ich verlegen zurück und bewunderte, wie höflich er mein peinliches Schwitzen für ein Kompliment instrumentalisierte. Übung, dachte ich und registrierte zufrieden seine unruhigen Hände. Anscheinend war er auch nervös. Dass er sich ebenfalls auf die Verabredung vorbereitet hatte leitete ich von den frisch gewaschenen Haaren, dem feinen grauen Pullover mit passender grauer Hose und dem leicht herben Duft ab. Ich gewann an Sicherheit.

„Schon wieder rede ich drauf los, entschuldigen Sie bitte, zu Hause hatte ich mir fest vorgenommen, mich Ihnen zuallererst vorzustellen. Sollen wir uns wie zwei vernünftige Menschen sofort duzen? In jungen Jahren benutzte man umstandslos du und heute krampft man sich etwas ab."

„Sehr gern, ich heiße Barbara", schoss es aus mir heraus, die Unkompliziertheit erleichterte mich.

„Ich heiße Hartmut", hob er die Tasse Kaffee und prostete mir zu. Ich prostete zurück und sah ihn an. Sein Gesicht hatte feine kantige Züge und strahlte Heiterkeit aus, sein Haarschnitt war eine Art Pagenschnitt. Vermutlich hatte er früher dunkle glatte lange Haare getragen und konnte sich im Alter nicht ganz von den langen Haaren verabschieden. Ich lehnte mich an die Stuhllehne und erkundigte mich nach dem Grund seines Aufenthaltes.

„Mein Sohn lebt hier, ansonsten kenne ich niemanden. Er ist zurzeit beruflich für sechs Wochen in China und ich passe auf den Hund auf. Angeblich ist der Köter bissig und wird in der Hundepension nicht genommen."

„Das hört sich gefährlich an, um welche Rasse handelt es sich?", fragte ich und als Hartmut verschmitzt Terrier, zwanzig Zentimeter Schulterhöhe antwortete, lachte ich laut.

„Ich musste auch lachen. Wahrscheinlich ein Vorwand, weil die Pension für den Köter zu teuer war, fünfundvierzig Tage kosten annähernd neunhundert Euro. Ein Vater ist günstiger, er kümmert sich um das Tier und kauft obendrein das Futter. Ich will mich nicht beklagen, ich mache es gern. Zugegeben, ich habe mich riesig gefreut, als er anrief und mich brauchte. Ja, ja, sozusagen hatte der Geiz in diesem Fall eine gute Auswirkung."

Geiz vom eigenen Sohn zu behaupten war zwar nicht annähernd so schlimm, wie den eigenen Ehemann als Alkoholiker an den Pranger zu stellen, dennoch fand ich es befremdlich. Höchstwahrscheinlich sah ich Hartmut derart fragend an, dass er sich zu einer Erklärung aufgefordert fühlte. Er rieb die Hände nervös aneinander, als er sagte: „Ich will offen sein, unser Verhältnis war lange Zeit nicht einfach."

Gedankenversunken erzählte er, mit einem eigenen Unternehmen vor ungefähr fünfunddreißig Jahren in Konkurs gegangen zu sein. Aus der Firma, einer Kapitalgesellschaft, war er schuldenfrei herausgekommen, jedoch hatte ihn das Finanzamt als privat haftenden

Geschäftsführer zur Verwertung des privaten Vermögens wie zur eidesstattlichen Versicherung gezwungen. Seine damalige Ehefrau, die Mutter des Sohnes, Tochter eines reichen Immobilienbesitzers, war mit dem Sohn zu ihrem Vater geflohen. Ohne Geld, ohne Familie, ohne Freunde, ohne Ansehen war er zurückgeblieben. Den Kontakt zu dem Sohn hatte man ihm trotz regelmäßiger Unterhaltszahlungen verwehrt. In jener Zeit wurden in Indien Maschinenbauingenieure zu sehr guten Bedingungen gesucht, sodass er die Auslandstätigkeit auf sich genommen hatte und selten nach Hause gekommen war.

„Und nun haben Sie, Entschuldigung, hast du wieder regelmäßig Kontakt zu deinem Sohn?"

„Wenig", bestätigte Hartmut und erzählte weiter, dass der Sohn ihm fremd und ein Kind des Großvaters geworden war, der ihn beizeiten auf das Lyceum Alpinum Internat in die Schweiz geschickt hatte, um aus dem Enkel und einzigen Erben einen besonders umsichtigen Ökonomen für die eigenen Immobilien heranzuzüchten. „Das ist gelungen", stieß Hartmut einen Seufzer aus. „Mit sechzehn Jahren, zehn Jahre hatten wir uns nicht gesehen, trafen wir uns auf mein Bitten hin in einem Café. Nie werde ich seinen verächtlichen Blick vergessen. Ich schämte mich vor meinem Sohn in Grund und Boden wegen meiner wirtschaftlichen Misere, obschon ich wieder schuldenfrei war." Hartmuts Stimme war brüchig und er stupste mit seinem rechten Zeigefinger auf die Nasenspitze. „Wie dich der Alkoholismus deines Mannes brandmarkt, brandmarkt mich mein Bankrott.

Daher bin ich glücklich, von meinem Sohn vor einigen Wochen gerufen worden zu sein."

Dieser Mann hatte alles verloren gehabt und trotzdem den Kopf über Wasser gehalten, wofür er letzten Endes im Alter mit der ersehnten Anerkennung belohnt wurde, dachte ich. Sein zufriedener Gesichtsausdruck verriet die Bedeutung der Nähe seines Kindes. Ich beneidete ihn.

„Nun bist du über mein jämmerliches Leben im Bilde. Du hast mir gestern Mut gemacht, darüber zu sprechen. Mit Ausnahme meines verstorbenen Cousins habe ich bisher niemandem mein Leben anvertraut. Schließlich will man ungern das Klischee eines einsamen alten Menschen bedienen, der allen sofort sein Leben anvertraut, weil er annimmt, endlich Gehör zu finden." Hartmut lächelte nachdenklich.

Dass er meine Befürchtung teilte, machte mich froh. Damit rückte er vertraut nah an mich heran.

Wieder war es der Geruch des Mittagstisches, der uns auf die Uhrzeit aufmerksam werden ließ.

„Danke, dass du mir zugehört hast. Ohne den blöden Hund könnten wir hier sitzen bleiben, aber er jault nach einigen Stunden die gesamte Nachbarschaft zusammen. Der Köter hat wirklich einen Schaden." Hartmut schilderte lachend die irrsinnige Unruhe des Terriers, der angeleint wie ein Wilder zerrte. Wegen seines Beines fiel es ihm schwer, dem Bewegungsdrang zu genügen. Ernsthaft zog er in Erwägung, dem Hund Beruhigungstabletten ins Futter zu mischen.

„Das kann man nicht machen", erhob ich amüsiert Protest und überlegte, Hartmut den Hund für einen Spaziergang um den See abzunehmen. Allerdings wollte ich nicht aufdringlich sein. Oder war es falsche Rücksicht? Ich nahm allen Mut zusammen und fragte, ob er den kleinen See nahe der Innenstadt kannte. Als er verneinte, räumte ich zuallererst ein, nicht aufdringlich sein zu wollen, doch wenn er Lust hätte, könnte ich ihm den See zeigen und danach mit dem Hund laufen, während er auf einer Bank oder im Lokal wartete.

„Das ist ein verlockendes Angebot, herzlichen Dank", rief Hartmut begeistert aus und lud mich im Gegenzug zum frühabendlichen Aperitif ein.

13

Aufgewühlt und ein wenig unsicher ging ich zum See. Es war ein schöner Frühlingsnachmittag, das erste Grün, das Gezwitscher der Vögel und in der Luft lag etwas Mildes. Die plötzlichen Ereignisse erschienen mir wie ein Traum. Ich verstand nicht, wie binnen zwei Tagen zwischen einem fremden Mann und mir diese besondere Vertraulichkeit entstehen konnte.

Hartmut wartete vor dem Eingang des Lokals, er wirkte klein und zart. Klein und zart im Vergleich zu mir kräftiger fülliger Frau, zu klein und zu zart für mich. Als wir uns begrüßten, suchte ich uns verstohlen in den spiegelnden Scheiben der Eingangstür, um mich zu vergewissern, dass er nicht kleiner war als ich. Wir waren gleich groß.

Der Hund bellte aufgeregt und sprang wild umher. Ungeachtet dessen reichte Hartmut mir bemerkenswert ruhig die Leine: „Sobald er zu sehr zerrt, reiß ihn kräftig zurück, manchmal hilft es." Er bedauerte, mich auf dieser Runde nicht begleiten zu können, seufzte und ging ins Lokal.

Der zappelige Terrier, ein schönes, gepflegtes Tier mit dem Namen Prinz lebte seinen Bewegungstrieb voll aus, dem ich trotz gesunder Beine schwerlich nachkam. In weiser Voraussicht hatte ich mir zu Hause Kekse in die Tasche gesteckt, die ihn gefügig machten. Bereits nach zweihundert Metern wusste ich, ein Terrier kam für mich auf keinen Fall in Frage. Ob ein Schapendoes oder ein ähnlicher Mischling passend war, würde ich in den nächsten Tagen erneut überdenken müssen.

Nach der ersten Runde entdeckte ich Hartmut im Lokal am Fenster stehen. Er öffnete es und winkte: „Lass es gut sein, du verwöhnst ihn."

„Nein, ich gehe eine weitere Runde", rief ich lachend und war erfüllt von einer Daseinsfreude wie lange nicht mehr. Ich lachte einen Mann an, der auf mich wartete. Ein wunderbares Gefühl. Schade, dass er nur noch vier Wochen blieb.

Hartmut musste mich während des Spaziergangs beobachtet haben, denn er stand vor der Tür, als ich zurückkehrte, nahm mir die Leine ab, führte mich an seinen Tisch, zog einen Stuhl zurück, tätschelte kurz den hochspringenden Hund, befahl ihn in strengem Ton ruhig zu sein und ließ sich stöhnend auf seinen Stuhl nieder: „Der Köter geht einem mit seinem Gezappel auf den Geist. Herzlichen Dank für deine Mühe. Wie kann ich die Quälerei mit dem Viech gutmachen?"

„Das muss nicht gutgemacht werden, der Spaziergang war für mich ein Auffrischungskurs in der Sache Hund, demnächst werde ich mir einen anschaffen."

„Ein Hund ist eine schreckliche Last", entgegnete Hartmut sofort mit fester Überzeugung und zählte die täglichen Anforderungen auf.

Seine negative Haltung teilte ich nicht. Mir war die schöne Zeit mit unserem Berner Sennenhund in Erinnerung und ich betonte den positiven Aspekt, einen freudigen Gesellschafter zu haben, mit dem man sprechen konnte.

„Sprechen?", spöttelte Hartmut mit gerunzelter Stirn, „soweit ich mich auskenne, erzeugen Hunde Laute wie Wau, Wau, aber Worte für ein Gespräch?"

Trotz des heiteren Tons fühlte ich mich herausgefordert. „So direkt übersetzt meine ich es nicht, ein Hund bringt Lebendigkeit in die Stille des Alleinseins."

„Das bestimmt! So ein Viech jault, springt, will laufen, will spielen, will fressen und lässt einen nicht in Ruhe. Den ganzen Tag wuselt es um einen herum und man muss präsent sein. Spontan entscheiden kann man gar nichts, man muss Vorsorge treffen und hinterher läuft man mit einem schlechten Gewissen durch die Gegend. Will man das, frage ich. Als Rentner kann man endlich seine Zeit selbst bestimmen und dann schafft man sich einen Hund an, sozusagen einen vierbeinigen Arbeitgeber, der den Tagesablauf vorgibt, damit man bloß nicht ins Nachdenken gerät."

Seine Ausführungen verunsicherten mich, tatsächlich erwartete ich von einem Hund gebraucht zu werden, verantwortlich zu sein, nicht allein zu sein, nicht zu grübeln. „Du bist Vater. Du kannst nicht nachvollziehen, was es bedeutet, von niemandem gebraucht und vermisst zu werden, sozusagen überflüssig zu sein", erwiderte ich und nach kurzer Überlegung bekräftigte ich mein Vorhaben. „Mich würde es freuen, für einen Hund zu sorgen und mich nicht vorwiegend mit Bücherlesen, Spaziergängen und mit meiner Ernährung beschäftigen zu müssen."

Hartmut lehnte sich zurück, zwischen seinen Augenbrauen lag eine kleine Falte. „Ich habe nichts gegen Hunde generell. Nur ersetzt ein Hund meines Erachtens keinen Menschen. Einem Hund kann man alles erzählen, aber es bleibt folgenlos. Menschen brauchen Menschen zum sprechen, zum vertrauen, zum zuhören, zum lieben. Daher sollte man ältere Menschen zur Zweisamkeit ermuntern. Zu zweit oder auch zu dritt, zu viert ist das Leben einfacher und nicht einsam.

Voraussetzung dafür ist die eigene Anerkennung des Alters mit den kleinen oder großen Wehwehchen. Haben wir sie nicht alle? Dass der reifere Körper nicht mehr so funktioniert wie ein junger ist kein Makel und kein individuelles Schicksal, mit dem man sich verkriechen muss. Es ist das Zeichen eines erfahrenen Lebens.

Wenn wir älteren Menschen von der gegenwärtigen Jugendwahn-Gesellschaft anerkannt werden würden, dann könnten wir uns auch selbst anerkennen und müssten nicht mit allen Mitteln versuchen, das Alter zu verstecken.

Es wäre so einfach, neben jüngeren und jungen Menschen würden reifere und alte Menschen den öffentlichen Raum beleben und das Allerbeste daran ist, man könnte seinesgleichen kennenlernen. Guck, ich habe ein Hinkebein und dich kennengelernt und es macht mich unbeschreiblich froh", offenbarte Hartmut mit leuchtenden Augen.

Danke wollte ich gerade sagen, als mir bewusst wurde, was er gesagt hatte. Ich trage also das Zeichen erfahrenen Lebens, das Zeichen alter, nein, reiferer Menschen. So einfach war es, aber hart. In mir stieg Hitze auf, bestimmt hatte ich einen knallroten Kopf. Es war ein eigenartiges Gefühl, von einem sieben Jahre älteren Menschen seiner Generation zugeordnet zu werden. Sollte ich protestieren oder würdevoll das Zeichen annehmen? Merkwürdigerweise fühlte ich mich augenblicklich anders, leicht und sicher.

„Und ich bin froh, dich kennengelernt zu haben," reagierte ich und nahm das Weinglas in die Hand, „in meinem Alter hätte ich mir nicht träumen lassen, noch einmal einen Menschen kennenzulernen, der meine Leidenschaft für Cafés teilt."

„Das geht mir runter wie Honig", lachte Hartmut und war im gleichen Atemzug der Ansicht, dass ich ihn unbedingt nach München begleiten sollte. Dort gab es den lieben langen Tag Gründe, Kaffee oder Wein oder Weißbier zu trinken. Für ihn war München eine der schönsten Städte, die er kannte. Mit neunzehn Jahren war er von Kassel dorthin gezogen und seitdem genoss er diese Stadt täglich aufs Neue. „Begleite mich in vier Wochen, ich zeige dir die schönsten und interessantesten Ecken."

„Eine verlockendes Angebot, ich werde es mir überlegen", wehrte ich ab und dachte, vor vierzig Jahren hätte ich keine Minute gezögert.

„Es ist mein Ernst, München würde dir gefallen. Du wohnst bei mir im Gästezimmer mit Bad und Toilette. Überlege nicht lange, stimme einfach zu, es wird mit Sicherheit sehr schön."

„Spontanität ist nicht meine Stärke, ich muss es mir überlegen." Mir war klar, nicht mit ihm nach München zu reisen. Dafür kannte ich ihn nicht lange genug.

Zu Hause quälte mich die Einladung. Sollte ich sie annehmen oder besser nicht? Neben meinem Budget sprach die Moral dagegen, in meinem Alter ohne große Überlegungen zu einem fremden Mann in seine Wohnung zu reisen. In jüngeren Jahren war es möglich gewesen, aber heute?

14

Beim Frühstück überschlug ich zum wiederholten Mal die wahrscheinlichen Kosten für eine Reise nach München, eventuell gab es günstige Pensionen.

Mein geringer finanzieller Spielraum ärgerte mich, er machte mich in dieser Situation richtig wütend. Wenngleich ich bis zum zweiundsechzigsten Lebensjahr durchgängig gearbeitet hatte und unfreiwillig in den vorzeitigen Rentenstatus wechselte, erhielt ich bloß rund tausenddreihundert Euro Rente. Bis auf zwölftausend Euro Altersnotgroschen verfügte ich über keine Ersparnisse.

Wie dumm und blind war ich gewesen, Roland nach Jahren seiner Sauferei zu vertrauen? Wochenlang hatte er mich nach dem Tod seiner Eltern bekniet, geschworen, vor Ort in seinem Elternhaus einen Neuanfang ohne einen Tropfen Alkohol zu beginnen. Irgendwann war ich hoffnungsvoll bereit gewesen, hatte meine sichere Stelle als Kindergartenleiterin in Bielefeld gekündigt und hier als Kindergärtnerin mit Jahresverträgen angefangen.

Roland hatte weiter getrunken und die mit einem hypothekarischen Darlehn neu gegründete Softwarefirma war wieder mal ein Hirngespinst gewesen. Glücklicherweise hatte ich vor dem Umzug darauf bestanden, die gesamte bare Hinterlassenschaft der Schwiegereltern als Anzahlung in meine heutige Wohnung auf meinen Namen zu investieren. Falls alles schief ging als Vorsorge fürs Alter, hatte ich gedacht, da Roland nicht rentenversichert gewesen war. Und es war schief gegangen, er war gestorben. Aus dem Verkauf des Hauses wurden seine Schulden getilgt und meine Wohnung bezahlt.

Dabei hatte ich kein schlechtes Gewissen gehabt, immerhin hatte ich Jahrzehnte für ein regelmäßiges sicheres Einkommen gesorgt.

Vor anderen Menschen war mir die Geldknappheit peinlich. Mit Werner war ich jedem Gespräch über Geld, über sein Lieblingsthema Altersarmut ausgewichen. Meine finanziellen Verhältnisse hätte er gern gekannt, doch ich behielt sie für mich. Selbst seine provokante Frage, ob der Aufwand von ungefähr tausendeinhundert Euro jährlich für die tägliche Tasse Kaffee im Lokal die Sache wert war, hatte ich unbeeindruckt mit einem schlichten „Ja" beantwortet. Allerdings ging mir seither ab und zu die Summe durch den Kopf.

Nach dem Wochenmarktbesuch ging ich durch die Fußgängerzone und freute mich auf Hartmut, freute mich heute bedenkenlos. Das gestrige Gespräch zeigte nachhaltige Wirkung. Ich fühlte mich sehr gut trotz oder wegen der sichtbaren Zeichen des Alters. Mir nichts, dir nichts hatte Hartmut sie ans Licht geholt und nun waren sie da.

Er begrüßte mich freudestrahlend und erkundigte sich umgehend nach dem Ergebnis meiner Überlegungen in Hinblick auf München. Erwartungsvoll lehnte er sich auf dem Stuhl zurück, mit dem rechten Zeigefinger tippte er auf seine Nasenspitze.

Ich sah ihn an: „Es ist sehr nett, mich einzuladen, allerdings muss ich nach meiner Asienreise ein wenig sparen bevor ich erneut auf Reisen gehe."

„Was heißt sparen, du sollst mein Gast sein, ich lade dich ein."

„Danke, nein. Vielleicht später einmal", lehnte ich ab, „ich kenne dich kaum."

„Du weißt mehr von mir, als irgendein ein anderer Mensch", konterte Hartmut, „nimm die Einladung an, einfach, ohne große Überlegungen. Sollte es dir nicht gefallen, kannst du jederzeit nach Hause fahren. Ich möchte dir als meinen Gast München zeigen wie du mir gestern den schönen kleinen See gezeigt hast." Er pustete hörbar Atem aus: „Im Alter eine Frau zu überzeugen scheint viel schwerer als früher. Vielleicht hilft dieses Argument: Ich möchte dich näher kennenlernen, habe allerdings mit meinen zweiundsiebzig Jahren keine Zeit es aufzuschieben." Er hob die Schultern und zog die Mundwinkel hoch.

Natürlich wollte ich ihn auch näher kennenlernen, aber in meinem Alter sofort mit ihm nach München in seine Wohnung reisen? Vor fünfzehn Jahren in Manhattan hatte ich mich ohne Überlegungen in ein Abenteuer fallen lassen. Warum war mit fünfundsechzig Jahren alles anders? Was war überhaupt anders? Das Bedürfnis mit Hartmut zusammen zu sein, fühlte ich deutlich, die Zeichen des Alters brauchte ich nicht mehr verstecken. Also, was sprach dagegen? Mir lag der Dank für die Einladung bereits auf der Zunge, nur hinaus wollte er nicht. Mit dem Vorschlag, hier die nächste Zeit zu genießen und dann weiterzusehen, verschob ich die Entscheidung.

„Eine gefährliche Sache", spitzte Hartmut den Mund, „eine harte Bewährungsprobe für mich. Na gut, ich werde alles geben, um nicht ohne dich nach München zurückzukehren." Strahlend rieb er sich die Hände und bot an, abgesehen vom morgendlichen Kaffeetrinken, sich abends beim gemeinsamen Aperitif bewähren zu wollen.

„Gestern Abend war ich dein Gast, dann lade ich dich heute zu mir ein", sagte ich kurzentschlossen.

„Oh", erhellte sich Hartmuts Gesicht, seine Augen blitzten, „vielen Dank für die Einladung, ich freue mich sehr, ich bringe das Getränk mit."

Nachmittags war ich fürchterlich nervös. War es richtig gewesen, Hartmut hierher einzuladen? Wohin würde die Einladung führen? Heute Morgen hatte er meine Taille sanft berührt. Ich spürte seine Hand unaufhörlich. Ein wohliger Schauder durchfuhr mich, Hitze stieg in mein Gesicht, mein Herz schlug bis zum Hals, die Hände zitterten, meine Brust hob und senkte sich. Das Pulsieren im Körper war ein Genuss. Wie in jungen Jahren hatte ich ein Gefühl von Verliebtheit, verliebt in Hartmut, verliebt in einen älteren Herrn, verliebt in einen Zweiundsiebzigjährigen. Ich schmunzelte in mich hinein. Ging es ihm ähnlich? Würde er mich küssen wollen? Wollte er mit mir ins Bett? Hatte er mit zweiundsiebzig Jahren überhaupt Verlangen nach körperlicher Nähe?

Möglicherweise litt er unter Erektionsproblemen wie viele ältere Männer.

Werner mit neunundsechzig Jahren hatte keine Probleme gezeigt, wobei Kai mit fünfundsechzig Jahren Schwierigkeiten hatte. Mein eigenes Problem, die trockene Scheide, löste ich mit Vaginal-Creme, die ich regelmäßig einführte. Ich war verrückt, vielleicht suchte Hartmut jemanden zum Erzählen und ich machte mir Gedanken über Sex. Augenblicklich hatte ich das Klischeebild eines glücklichen älteren Paares auf einer Bank sitzend vor Augen. Würde man im Alter auf Sex verzichten? Ich wollte nicht auf Sex verzichten, ich hatte Lust auf einen Mann. Das Telefon klingelte.

„Endlich finde ich mal eine Minute, du kannst dir gar nicht vorstellen, was hier los ist. Den ganzen Tag Krach und Staub", klagte Brigitte.

„Es tut mir leid für dich, aber bald hast du es geschafft. Ich kann dir helfen", bot ich mich an.

„Nein, danke. Und, hast du dich wieder eingewöhnt?"

„Ja." Eigentlich wollte ich Brigitte nicht in die Geschichte mit Hartmut einweihen, doch ich war so glücklich und konnte sie nicht verbergen. „Ich habe einen fantastischen Mann kennengelernt. Er ist etwas älter, dabei einfach umwerfend. Ich weiß nicht, wo mir der Kopf steht."

„Wie? Hast du", stockte Brigitte, „haben Werner und du euch getrennt?"

„Wir waren Freunde, aber nie ein Paar."

„Jetzt auf einmal?", reagierte Brigitte barsch, „Werner baut auf dich, du kannst ihn nicht einfach hintergehen."

Vorwürfe sollte sie für sich behalten, mein Glück wollte ich mir nicht zerstören lassen. Ich schilderte die Situation mit der alkoholisierten Frau und Hartmuts rührendem Einsatz.

„Du machst den größten Fehler deines Lebens, Barbara. In unserem Alter findet man keinen tadellosen Mann und bei Werner weißt du was du hast. Später bereust du es. Glaub nicht, dass Werner sich ein zweites Mal herumkriegen lässt."

„Herumkriegen?", fuhr es entsetzt aus mir heraus. Entschieden wies ich darauf hin, Werner nichts abverlangt, im Gegenteil, mich lediglich seinen Zukunftsplänen entzogen zu haben. Dann lenkte ich das Gespräch auf Hartmut und schwärmte weiter.

„Werde wach, ein zweiundsiebzigjähriger Mann ist ein alter Mann. In einigen Jahren benötigt er Pflege. Igitt, was holst du dir an den Hals. Du bist zu blauäugig."

„Mit zweiundsiebzig Jahren ist ein Mensch nicht mehr jung, mit fünfundsechzig Jahren auch nicht", reagierte ich, „Hartmut ist wach, lebendig und ich mag ihn. Du musst ihn unbedingt kennenlernen. Heute Abend geht es nicht, vielleicht kommst du am Samstagabend zum Aperitif." Gerade ausgesprochen ahnte ich Brigittes Reaktion.

„Der Zweiundsiebzigjährige nimmt also den Aperitif", spottete Brigitte und hielt Hartmut von nun an für einen Lebemann, einen bayerischen Stenz, einen scheinbaren

Mann von Welt, womöglich mit Dali-Schnauzbart und Einstecktuch. „So ein Bayer aus dem ‚Kirr Royal‘, pah", spuckte sie verachtend aus und versicherte, als jahrzehntelange Ehefrau eines Lebemannes solcher Art Windhunde zu kennen.

Nachdem ich das Telefon in die Station gestellt hatte, beschäftigte mich Brigittes Warnung: Was willst du im Alter mehr, als einen anständigen Mann? Auch wenn es außerhalb ihrer Vorstellungskraft lag, wusste ich, was ich mehr wollte als Gewissenhaftigkeit und Treue, als Erbsenzählen und Rasenmähen. Ich wollte meine Lebensgeister ans Licht bringen, solange sie spukten. Bestimmt war es ein Abenteuer mit Hartmut nach München zu reisen. War es nicht gleichgültig, ob ich zwölftausend oder elftausend Euro als Notgroschen be-saß? Für ein Altenheim war das wenige Ersparte ein Tropfen auf den heißen Stein. Außerdem mussten nicht alle Menschen in ein Heim, viele wurden in ihrem Zuhause alt und versorgten sich bis zum letzten Tag selbst.

15

Wenige Minuten vor achtzehn Uhr stand ich in meinem knieumspielten grünen Kleid und flachen farblich abgestimmten Schuhen im Flur und band mir ein buntes Seidentuch locker um die Taille. Aus der Schublade des

Sideboards nahm ich einen passenden Lippenstift, aber vor dem normalen Spiegel scheiterte der Versuch die Lippen zu schminken. Heute machten mir neben der verminderten Sehkraft meine Nervosität Probleme, meine Hände zitterten. Im Badezimmer vor dem Vergrößerungsspiegel beruhigte ich mich mit einigen tiefen Atemzügen und brachte die Lippen mit einem Konturenstift exakt in Form.

Zurück im Wohnzimmer betrachtete ich die zwei gegenüberstehenden Gedecke. Viel zu spießig, fand ich plötzlich, raffte kurz entschlossen die einzelnen Teile zusammen und stellte sie ungeordnet aufeinander. Die Töpfe mit Mininarzissen rückte ich weiter auf die gegenüberliegende Seite, auf die sich mein Notebook befand. Ich räumte es nicht weg, es stand ständig dort.

Obwohl ich mich sechs Stunden gedanklich auf diesen Moment einstellte, fuhr ich beim Ertönen der Klingel zusammen und drückte mit zitternder Hand auf den Türöffner. Lange war kein Mann hier gewesen. Kai war selten gekommen und Werner, um mich abzuholen, ihm war die Wohnung zu klein. Schnelles Auflockern der Haare mit den Fingern, ein tiefer Atemzug, dann öffnete ich die Wohnungstür und hörte Hartmut langsam die Treppe hinaufkommen.

„Gut, dass du in der ersten Etage wohnst, Treppensteigen ist nichts für mich, das linke Bein hat wenig Kraft", stöhnte er bei der letzten Stufe. Die Anstrengung stand ihm im Gesicht. Was mochte es mit dem Bein auf sich haben, vielleicht eine Krankheit?

„Herzlich willkommen", bat ich ihn hinein. Eine seltsame Unruhe hatte von mir Besitz genommen. Meine Stimme erkannte ich kaum wieder, sie war brüchig. Ich schwitzte und fröstelte gleichzeitig. Gern hätte ich Hartmut zur Begrüßung umarmt, aber traute mich nicht. Was sollte er denken, wenn ich ihn aus heiterem Himmel in die Arme nahm? „Wo ist Prinz?", fragte ich stattdessen.

„Zu Hause. Zu einer Abendverabredung mit einer Frau nehme ich den quirligen Köter nicht mit. Irgendwo sind Grenzen. Heute Nachmittag habe ich Stöckchen geworfen bis mir der Arm wehtat und ihm Stöckchen gleichgültig waren. Sonst ist er tagsüber auch allein und abends, naja eher selten. Woher soll er wissen, dass Abend ist, ich habe Licht angelassen. Allerdings musste ich ihm an der Haustür versprechen, dass du morgen etwas mit uns beiden unternimmst. Er hat vor Freude gebellt", lachte Hartmut verschmitzt, hängte unaufgefordert seine schwarze Steppjacke an die Garderobe und bevor er den Wohnbereich betrat, bändigte er vor dem Spiegel seine wuchernden Augenbrauen und die frisch gewaschenen Haare. „Hier ist es sehr schön", sah er sich um, reichte mir eine Kühltüte mit zwei Flaschen Prosecco und ging zum Balkon. „Dies also ist der Wassergarten. Wunderschön."

Der Blick auf die Wasserfläche, die Bäume und die Sträucher, dazu die Architektur der Wohnung, die trotz weniger als achtzig Quadratmeter großflächig wirkte, begeisterten Hartmut. Darüber hinaus hielt er die

Einrichtung für absolut gelungen. Besonders gefiel ihm der lange Tisch für viele Funktionen mit sechs gepolsterten zierlichen Armlehnstühlen und dass ich keine Sofaecke besaß. Langsam löste sich meine Anspannung, Hartmut schien in punkto Einrichtung mit mir übereinzustimmen. Er betrachtete den roten Ledersessel vor der Bücherwand: „Ein Eames nicht wahr, ich hatte früher einen ähnlichen."

„Ja, ein Relax Eames. Ich habe großes Glück gehabt und konnte ihn für wenig Geld von jemandem mit finanziellen Problemen kaufen." Im selben Augenblick wurde ich mir meines Fauxpas bewusst. Schamröte stieg mir ins Gesicht. Wie konnte ich derart unsensibel sein? War es nicht einerlei, ob jemand finanzielle oder gesundheitliche Probleme oder keine Probleme hatte? Am liebsten wäre ich im Boden versunken. Bestürzt sah ich Hartmut an: „Entschuldigung, es war keine Anspielung."

„So ist es, der eine ist froh, für die ehemals teuren Dinge überhaupt etwas zu bekommen und der andere freut sich, ein Schnäppchen gemacht zu haben", reagierte er ohne mich anzusehen, drehte sich um, öffnete eine Flasche Prosecco und schenkte ein: „Zum Wohl Barbara, ich freue mich, hier bei dir zu sein."

„Ich freue mich sehr über deinen Besuch", lächelte ich zurück. Innerlich fühlte ich mich schrecklich elend, ich schämte mich und wünschte, die Worte rückgängig machen zu können, sie wegzuwischen, sie nicht gesprochen zu haben. „Ich wollte dir nicht wehtun, es tut mir aufrichtig leid", entschuldigte ich mich ein weiteres Mal.

„Es ist gut, mein wirtschaftliches Desaster ist Vergangenheit. Der Sessel erinnerte mich an die Raffgier meiner damaligen Frau, die bei der Trennung ausnahmslos die teuren Möbelstücke für sich reklamiert hatte", erklärte Hartmut und guckte mich durchdringend an.

Wie eine körperliche Berührung spürte ich den Blick und tauchte in seine grün-braunen Augen ein. Etwas hielt mich fest, etwas, was ich zu kennen schien. Mein Atem ging schwer. Dann riss ich mich los, meine Stimme war belegt: „Danke für deine Nachsicht."

Nach Prosecco, Fisch, Weißbrot und lockerer Unterhaltung über Dieses und Jenes stand Hartmut auf, ging zur Garderobe, holte aus seiner Jacke einen weißen Briefumschlag und legte ihn vor mir auf den Tisch: „Für dich ein kleines Mitbringsel."

„Für mich? Du hast das Getränk mitgebracht, ich möchte kein Geschenk. Du bist mir so einer", rutschte es aus mir heraus wie bei einem jahrzehntelangen Freund. Neugierig öffnete ich den Umschlag, sah hinein, Fahrkarten. Geradewegs steckte ich sie zurück und legte den Umschlag energisch auf den Tisch. „Die möchte ich nicht. Ich nehme keine Fahrkarte nach München als Geschenk an." Was dachte er sich? Mit Sicherheit würde ich nicht auf seine Kosten nach München fahren.

„Und eine Rückfahrkarte für alle Fälle", kommentierte Hartmut heiter.

Nach Spaß war mir nicht zumute. „Nein, ich fahre nicht auf deine Kosten nach München. Nein, nein."

„Einem geschenkten Gaul schaut man nicht ins Maul", verkündete er lächelnd und erhob sein Glas, „du fährst nicht auf meine Kosten, ich nehme dich mit. Ich fahre kein Auto und daher nehme ich dich im Zug mit. Ganz einfach."

„Nein, so einfach ist es nicht", erwiderte ich schwer atmend, „das Geschenk werde ich nicht annehmen. Ich kenne dich drei Tage."

„Na und? Andere Menschen sorgen Jahrzehnte über tausende von Kilometern hinaus für ein sogenanntes Patenkind, das sie nie gesehen haben und nie sehen werden", beteuerte Hartmut vergnügt. Dann sah er mich an, zwischen seinen Augenbrauen lag die kleine Falte: „Warum nicht? Die Vorstellung gefällt mir, dir, als meinen Gast, München zu zeigen, Kaffee trinken, Zeitung lesen, Essen gehen und Erzählen. Überleg nicht, mach dir keine unnötigen Gedanken, komm mit."

Keine unnötigen Gedanken waren gut, hinterher würde ich als blauäugig bezeichnet werden, überlegte ich und fragte mich im gleichen Atemzug von wem? Wer würde mich beurteilen bis auf Brigitte und vielleicht Werner. Im Grunde genommen ging es nur mich etwas an. „Ich weiß nicht", haderte ich.

„Die Einladung ist ernst gemeint, ich suche nicht irgendeinen Zeitvertreib. Dafür bin ich zu alt, ich habe keine Zeit, die ich vertreiben kann", versicherte Hartmut.

Er hatte recht. Wollte ich mit ihm zusammen sein, stand mir logischerweise nicht mehr Zeit zur Verfügung als ihm. Warum wies ich die Einladung zurück? Hatte ich mich vorhin nicht bereits entschieden? Ich komme mit, hätte ich gern ausgerufen, aber zögerte. Wer und was verunsicherte mich? Musste ich mich jemandem gegenüber rechtfertigen? Nein! Wollte ich meine Lebensgeister lebendig halten? Ja! Plötzlich löste sich der Knoten: „Herzlichen Dank für die Einladung und für das wunderbare Geschenk." Mir saß ein Frosch im Hals. Erleichtert, endlich eine Entscheidung, meine Entscheidung, getroffen zu haben, stand ich auf.

Hartmut stand gleichzeitig auf und wischte schelmisch mit dem rechten Handrücken über die Stirn: „Puh, war das schwierig. Du kommst also mit, vorausgesetzt, ich stelle mich in den nächsten vier Wochen nicht zu blöd an."

„Ja", umarmte ich ihn. Ich fühlte seine knochigen Oberarme und spürte seine Hände an meiner Taille. Sein Herz schlug hörbar. Er zog mich fester an sich heran, seine Wange streifte mein Gesicht. Mich verlangte nach einem Kuss, doch, was sollte er von mir denken? Wir kannten uns kaum. Abrupt löste ich mich: „Darauf stoßen wir an", reichte ich ihm schwer atmend das Glas. Ihn anzusehen, fiel mir schwer. Wir waren beide nervös, aufgeregt, vielleicht erregt. Hartmut setzte sich zurück auf den Stuhl, strich über seine Haare, gab sich betont unbekümmert. Ab jetzt lachten wir viel, unbeholfener als zuvor. Etwas Einzigartiges kennzeichnete die Situation, etwas, was nicht aufzuhalten war und sich einen Weg zu bahnen schien.

„Soll ich dir am Computer zeigen, wo meine Wohnung liegt?", fragte Hartmut. „Vorher würde ich gern eine Zigarette rauchen gehen. Ich hoffe, es stört dich nicht."

„Nein, ich möchte auch rauchen", antwortete ich. In dieser wunderbaren Atmosphäre in Jacken zu schlüpfen, um auf dem Balkon schlotternd an Zigaretten zu ziehen, passte nicht. Warum stellte ich mich in meiner Wohnung immerzu vor die Tür? Weil mittlerweile alle Raucher vor die Tür gingen? Betont ungezwungen rief ich aus der Küche: „Öffnest du bitte das Notebook, ich hole Zigaretten und einen Aschenbecher."

„Rauchen wir hier?", wunderte sich Hartmut.

„Ja", rief ich mit einer Selbstverständlichkeit auf dem Weg aus der Küche, als gäbe es keinen Zweifel.

„Bei dir ist es geradezu paradiesisch", stand er auf, umfasste meine Ellbogen und küsste mich stürmisch auf den Mund, einmal, zweimal, dreimal. Ich erschrak, freute mich und lachte. Wir waren ausgelassen, alle Hemmungen nahezu fortgewischt. Ich holte die Gläser, setzte mich zu ihm an das Notebook und genoss die Zigarette wie die erste erlaubte vor vielen Jahrzehnten.

Nacheinander zählte Hartmut alle Details seiner Wohnung auf, die sich in Schwabing in der Marktstraße, zweite Etage mit Fahrstuhl befand. Hundertzwanzig Quadratmeter teilten sich auf in drei Zimmer, Küche, zwei Bäder und einem schmalen Balkon. Mittels Street-View zeigte er die geringe Entfernung zur U-Bahn-

Station, zum „Englischen Garten", zu vielen Cafés. Er sprach über sein Lieblingscafé „Münchner Freiheit" und seinem Lieblingsitaliener „Pizza il Giusto".

„Sie liegt sehr zentral", schwärmte er und legte seine linke Hand auf meinen rechten Unterarm. „Ehrlicherweise muss ich zugeben, dass mir ursprünglich nur die halbe Wohnung gehörte, die andere Hälfte habe ich von meinem Vetter geerbt. Er war der einzige, der mir mein Leben lang vorbehaltlos zur Seite stand", sprach Hartmut über das gemeinsame Leben und den Urlauben zwischen seinen Auslandsaufenthalten. Für die Rentenzeit war eine Amerika-Road-Reise von Ost nach West geplant gewesen, weil der Vetter ein Leben lang Mendocino in Kalifornien sehen wollte.

„Mendocino?", wunderte ich mich und sofort klang der Song von Michael Holm in meinen Ohren.

„Ja Mendocino, es hat einen besonderen Grund", deutete Hartmut den Zusammenhang an. Den Song „Mendocino" hatte der Vetter mit seiner ersten, höchstwahrscheinlich einzigen, großen Liebe verbunden, bevor er mit Anfang zwanzig an MS erkrankt war. „Zu der gemeinsamen Reise kam es nicht mehr, mein Vetter starb vorher an Herzversagen. Trotzdem habe ich mich mit einem Mietwagen auf die von ihm höchst sorgfältig vorbereitete Route von New York über das Indianergebiet, über Grand Canyon nach Mendocino in Kalifornien begeben, gewissermaßen in Gedenken an ihn. Und ich bin ihm dankbar. Neben der reizvollen Umgebung, dem vielen Wald, dem Pazifik, beeindruckten mich vor allem die Menschen in Mendocino. Es ist kein Ort, es ist eine sogenannte Kolonie mit vielen gealterten Hippies und oder Künstlern, die eine von Zwängen und bürgerlichen Werten befreite Lebensidee so gut es geht, praktizieren. Ihre Gelassenheit faszinierte mich. Niemand sprach über altersgerechtes Leben", Hartmut zuckte mit den Achseln, „sie leben einfach. Einmal sprach ich in einem Lokal mit einem älteren Mann über Altersvorsorge. Er hat gelacht und abgewinkt und gemeint, jeder Mensch muss einmal sterben, aber solange er lebt, lebt er sowieso." Hartmut stieß einen Seufzer aus und kniff die Augen zu Schlitzen zusammen. „Bemerkenswert, alle unsere kleinbürgerlichen Ängste zählen dort nicht, sie leben einfach. Und wir machen uns mit spätestens fünfzig Jahren vor Angst in die Hose, wenn die Altersvorsorge nicht dem empfohlenen Standard entspricht."

Augenblicklich tauchte in meinen Gedanken Werner auf, wie er wiederholt seine Altersvorsorge kontrollierte.

Wehmütig fuhr Hartmut fort: „Sowieso, sagten sie immer, sowieso, anyway und we'll see. Um die Lebenseinstellung beneide ich sie und ich hoffe, ich konnte davon lernen." Er blickte mich mit ernstem Gesichtsausdruck an: „Entschuldige, ich rede und rede, weil mich die unbeschwert lebenden altgewordenen Hippies in Mendocino faszinierten."

„Erzähl gern weiter, fremde Kulturen sind interessant", ermunterte ich ihn zum Fortfahren, „vor allem, wenn sich die Lebensart von unserer unterscheidet. Auf Reisen geht es mir ähnlich wie dir. Ich bewundere die fremde Kultur und bin geneigt, die fremden Werte für mich anzuerkennen, doch sobald ich zu Hause bin, verschwinden sie nach und nach und ich kehre zu unserer vorherrschenden Moral zurück."

Ich sah Hartmut an und musste lachen: „Ja, selbst im fortgeschrittenen Alter wird man noch von der Moral gequält."

Er strahlte: „Wahrlich, es hat mich Überwindung gekostet, dich einzuladen und dir eine Fahrkarte zu schenken. Schließlich wollte ich dich nicht verschrecken und den Stenz abgeben. We'll see, habe ich gedacht."

„We'll see", wiederholte ich.

„Ich suche bei Google Fotos von Mendocino", sagte Hartmut und er fand jede Menge. Der winzige, unscheinbare Ort beeindruckte mich und ich fragte, wie seinerzeit Michael Holm auf diesen Ort gekommen war. Hartmut wusste es nicht und zusammen recherchierten wir bei Wikipedia. Das Ergebnis überraschte uns. Der Song „Mendocino" wurde 1968 von dem Amerikaner Doug Sahm geschrieben und mit seinem Sir Douglas Quintett gespielt. Ein Jahr später interpretierte Michael Holm das Lied und veröffentlichte die deutsche Fassung.

Auf YouTube sahen und hörten wir die ursprüngliche amerikanische Version und dann googelten wir Michael Holm, den wir kurz mit unserem Gesang begleiteten:

„Auf der Straße
nach San Fernando,

da stand ein Mädchen wartend in der heißen
Sonne,
ich hielt an und fragte wohin,
bitte nimm mich mit nach Mendocino."

Dazu tranken wir Prosecco, rauchten Zigaretten, lachten
und ließen uns durchs Internet treiben bis wir letzten
Endes bei dem siebzigjährigen Michael Holm auf dem
„Eulenfest" in Einbeck landeten, wo er „Tränen lügen
nicht" sang und summte. Obwohl er damals in allen
Radios zu hören gewesen war und wir uns an unsere
Abneigung gegen den Schmalz erinnerten, bewegte er
heute etwas in uns. Wir wurden leiser, ruhiger,
bedächtiger. Ob das Aufflackern der 70er Jahre uns
einander näherbrachte, vermochte ich nicht zu sagen,
jedenfalls küssten wir uns, erst sanft, dann leiden-
schaftlich und irgendwann wollten wir dasselbe.
Befangen erregt begaben wir uns unbeholfen in mein
Schlafzimmer und ließen uns fallen und es einfach
geschehen.

16

„Schade, ich muss weg, alles wegen dem blöden
Viech", schimpfte Hartmut am frühen Morgen leise in
mein Ohr und zog mich an sich heran. „Ich würde gern
bei dir im Bett bleiben, aber ich muss mit zweiundsiebzig

Jahren morgens um fünf Uhr das Bett einer reizenden Frau wegen eines Köters verlassen", seufzte er tief.

Er stieg aus dem Bett, streckte sich und zeigte wegen seiner Nacktheit und der altersbedingten welken Haut keine Scham. Mich erstaunte die Hemmungslosigkeit. Ich besaß sie nicht und das war mein augenblickliches Problem. Wie kam ich unbeobachtet aus dem Bett und wo war mein Kleid? Hier auf dem Stuhl lag mein Schlafanzug. Glücklicherweise ein Herrenschlafanzug aus Baumwolle und kein Trikotschlafanzug oder womöglich ein Nachthemd mit Rüschen. Ich schmunzelte innerlich und wollte mich gerade erheben, als Hartmut, ein wenig frisch gemacht, zurück ins Schlafzimmer kam, sich anzog, ein Taxi rief und zu mir auf das Bett setzte. „Es war ein schöner Abend", fasste er an meine Hand, „ein schöner Abend und eine schöne Nacht, danke."

Ich war verlegen. Was sollte ich erwidern? Fand ich auch. Ich lächelte ihn an.

Mich quälte der Gedanke, wie ich schnellstens meinen Schlafanzug erreichte. Ein einziger Schritt, kalkulierte ich, und ruck, zuck würde ich die Jacke überstreifen. Also los, atmete ich tief durch, schlug die Decke zurück und sprang blitzschnell aus dem Bett, griff mir die Schlafanzugjacke, die glücklicherweise über den Hintern reichte. Meine Beine zeigte ich gern, sie waren schlank. Doris Day hatte in einer Schlafanzugjacke in dem Film „Pyjama für zwei" sehr sexy ausgesehen, dachte ich und hoffte, wenngleich ich weder den Film noch Doris Day mochte, ein ähnlich anziehendes Bild abzugeben. Mit den Fingern lockerte ich meine Haare, ging um das Bett herum und sah Hartmut an. Fast hätte ich ihn geküsst, glücklicherweise fielen mir im letzten Moment die ungeputzten Zähne ein und daher streichelte ich über seine Wange. Bis zum Eintreffen des Taxis sprachen wir wenig. An der Wohnungstür erinnerte Hartmut mit klarer gewohnter Stimme, seiner Tagesstimme, an den Café-termin.

„Ja, zehn Uhr", bestätigte ich und horchte bis die Haustür ins Schloss fiel. Mit leisem Motor fuhr das Taxi davon.

Meinem Spiegelbild im Flur blinzelte ich zu und schnurrte: „Eine wunderbare Nacht." Wie vor fünfund-vierzig Jahren nach einem langen reizvollen Abend und der ersten Nacht mit einem neuen Freund, fühlte ich mich. Es gab nur einen ersten Kuss und es gab nur eine erste gemeinsame Nacht.

In der Küche kochte ich Tee und dachte an die letzten Stunden, Hartmuts Lust und Zärtlichkeit, sein Vergnügen an meiner Körperfülle wie an meinen großen Brüsten. Herrlich, hörte ich ihn in Gedanken, herrlich.

Zurück im Bett vergegenwärtigte ich mir die Situation, wie wir, ich im halboffenen Kleid und Hartmut im Shirt, zum Schlafzimmer aufgebrochen waren und mein Bett laut geknatscht hatte, als wir uns darauf fallen ließen und uns nach und nach ganz entkleideten. Alles geschah sehr ruhig, zeitlupenhaft. Selbst als Hartmut in mich einge-drungen war, verbanden wir uns durch angenehme langsame Bewegungen. Seinen Orgasmus begleitete er mit leichtem Stöhnen und kümmerte sich danach sofort um mich und brachte mich mit großer Empathie zu einem wunderbaren Höhepunkt. Lange, eigentlich den Rest der Nacht, hatten wir uns dösend in den Armen gehalten, dabei vertraut gekichert über unsere anfängliche Unsicherheit, trotz des Alters oder wegen des Alters. Hin und wieder waren wir in einen Kurzschlaf gefallen.

Bis auf das Aufstehen war alles wunderschön gewesen. Ein zweites Mal würde ich mich nicht nackt vor Hartmut präsentieren. Bei meiner Körperfülle fühlte ich mich schwabbelig und nackt nicht wohl. Früher hatte mir Nacktsein nichts ausgemacht. Seit Rolands Tod haderte ich mit meinem Körper. Im Zusammensein mit Kai hatte ich mir immer ein großes buntes Tuch über die Brust zusammengebunden. Weil sein Bett einem Lager mit einem Wust von bunten Kissen, Decken und Tüchern glich, war ich darin untergegangen und hatte mich bedeckt gefühlt.

Vor Hartmut in einem bunten Tuch zu stehen, erschien mir unpassend. Wie konnte ich mich bedecken? Sollte ich schwarze Reizwäsche tragen? In meiner Vorstellung gehörte zu schwarzer Reizwäsche violette Satinbettwäsche und die entsprach mir nicht. Dann fiel mir mein schwarzer Seidensatinunterrock mit Körbchen ein, der zu dem Kleid anlässlich Brigittes sechzigsten Geburtstag gehörte. Aufgeregt holte ich ihn sofort aus dem Kleiderschrank und probierte ihn an. Der Unterrock war die ideale Lösung. Er verdeckte den großen Slip, dessen ich mich unkompliziert entledigen konnte, der BH war integriert und alles in allem mutete er erotisch an. Gleich heute Abend würde ich ihn unter meinem Kleid tragen.

Man nicht so forsch, Barbara, ermahnte ich mich gedanklich. Vielleicht war es ein One-Night-Stand gewesen und ich würde bereits im Café vergebens Ausschau nach Hartmut halten. Ein absurder Gedanke. Im Café würde er sein, doch wo steuerte die Beziehung hin? Ein Besuch in München, anschließend ein Besuch bei mir? Eine Besuchsbeziehung auf die Entfernung war schwierig. Möglicherweise wollte Hartmut näher bei seinem Sohn sein und hierher umziehen. Bestimmt nicht, er liebte München. Dass ich als ältere Frau, als betroffene Frau über eine mögliche Beziehung unter räumlicher Distanz nachdachte, hätte ich mir damals nicht träumen lassen. Als Zwanzigjährige waren für mich alle Menschen jenseits von sechzig Jahren alte Menschen gewesen, die ihr Leben gelebt hatten und bedürfnislos ihre verbliebene Energie den Kindern und Enkelkindern widmeten.

Stellte ich Erwartungen an mein Leben im Alter, weil ich keine Kinder und Enkelkinder hatte? War das Verlangen nach einem lebendigen, aufregenden, leidenschaftlichen Leben mit fünfundsechzig Jahren widernatürlich? War ich abartig, weil ich mich nach einem Mann sehnte, nach Liebe mit Begehren und Sex? Mit zunehmendem Alter wechselte das körperliche Bedürfnis angeblich in ein Bedürfnis nach tiefer Innigkeit ohne körperlichen Ausdruck. Bis jetzt hatte sich bei mir nichts verändert und ich glaubte nicht daran. Ich hielt es vielmehr für die Rechtfertigung von Lustlosigkeit in langjährigen Beziehungen.

Mit fünfzig Jahren hatte Roland die Lustträgheit in unserer Ehe bereits natürlich gefunden und die unzerstörbare tiefe Liebe und Innigkeit zwischen uns beschworen. Zwar war ich nicht seiner Ansicht gewesen, aber hatte aus egoistischen Motiven geschwiegen, denn meine Lust war keine Lust mehr auf ihn, auf den Alkoholiker gewesen.

In dieser Zeit hatte ich auf einer Gruppenreise nach New York meine Ansicht bestätigt gefunden. Gleich in den ersten Tagen war ich dem Charme eines anderen Reiseteilnehmers erlegen. Wir hatten die Nächte zusammen verbracht, hatten einander begehrt, waren vor Aufregung atemlos gewesen und hatten uns am Ende mit einem gemeinsamen Geheimnis auf dem Flughafen getrennt. Zurück blieb meine Überzeugung, dass mit fünfzig Jahren die Psyche wie der Körper erotisierende Reize empfingen.

Und die letzte Nacht mit einem zweiundsiebzigjährigen Mann versicherte mir, dass Lust nicht vom Alter abhing, sondern äußere Faktoren sie erstickte oder erweckte. Verspürten Hartmut und ich körperliche und emotionale Bedürfnisse, würde es anderen Menschen unserer Generation ähnlich gehen. Höchstwahrscheinlich hütete jeder sein Verlangen als individuelles Geheimnis, um dem Klischee des bedürfnislosen Menschen im Alter zu entsprechen.

Ich holte tief Luft, vergrub mein Gesicht im Bett und sog genussvoll Hartmuts Eau de Toilette tief ein.

17

In einem roten Kleid und einem Tuch in Orange, geduscht und gecremt mit Vanilleduft, die Augen dunkel und den Mund rot geschminkt ging ich ins Café. Obwohl ich glücklich war, umgab mich ein Hauch Melancholie. Hartmut saß am gewohnten Platz und empfing mich strahlend: „Du siehst heute besonders anziehend aus. Und dieser Duft."

Das Kompliment, dazu sein warmer Atem an meinem Ohr, ließen mich am ganzen Körper beben. Verlegen bedankte ich mich für das Kompliment und fragte, ob der Hund ihn heute Nacht vermisst hatte. Er verneinte, machte jedoch keinen Hehl daraus, wie lästig ihm der Hund war. Fröstelnd rieb er die Hände aneinander, nahm meine rechte Hand und rieb sie sanft zwischen seinen. Hartmut duftete frisch.

„Bist du wieder eingeschlafen?", erkundigte er sich.

Befangen antwortete ich: „Nein, ich habe ein wenig gedöst." Ich war mir selbst fremd. Gestern Abend und in der Nacht war unser Zusammensein unkompliziert und zwanglos gewesen im Gegensatz zu der heutigen Nüchternheit des hellen Tages. Hartmut schien aufgeräumt, ich dagegen wusste nichts zu sagen und begann zu schwitzen. Die Anspannung wurde unerträglich. Mir fiel meine große Hand in seinen zierlichen Händen auf, ich hätte sie gern zurückgezogen, diese, meine speckige Hand.

„Nun sitzen wir hier und sind sprachlos", begann Hartmut schwer atmend, sein Brustkorb hob und senkte sich. „Bereust du die letzte Nacht?"

Ich wollte gern unbeschwert sein, fröhlich, stattdessen gab ich mich verhalten: „Nein, ich bin ein wenig erschöpft."

„Schön erschöpft oder nur erschöpft?"

Die Frage gab mir einen heftigen Ruck, endlich das Theater der Schüchternheit einzustellen. Mit fünfundsechzig Jahren und reich an Lebenserfahrung verhielt ich mich wie ein Teenager nach dem ersten Kuss. „Schön erschöpft, sodass ich einen doppelten Cappuccino brauche", versuchte ich über meinen Schatten zu springen.

„Eine präzise Ansage, ich nehme ebenfalls einen doppelten. Schön kaputt bin ich nämlich auch", leuchteten Hartmuts Augen. „Was habe ich für ein Glück mit dir. Seit Montag sind die Tage aufregend und haben nichts mehr von dem alltäglichen Trott. So prall kann es weitergehen."

„Oh je, so prall wie gestern Abend darf es für mich nicht weitergehen, wir haben beinahe zwei Flaschen Prosecco ausgetrunken."

„Ist egal. Ein besonderer Abend rechtfertigt zwei Flaschen", neigte Hartmut seinen Kopf zur Seite und zog einen Schmollmund. „Wir haben viel getan. Zuerst kämpften wir für die Entscheidung, dass du mit nach München kommst, dann ergänzten wir unsere Biographien und darüber hinaus verwöhnten wir uns ausgiebig." Er strich über seine Haare und strahlte: „Endlich kommt Leben ins Leben."

„Ja", antwortete ich und wieder fehlten mir die Worte.

Hartmut fragte, was mit mir sei, ob er mir auf die Nerven ginge.

„Nein, gar nicht", erwiderte ich und war erschrocken über seine Frage. Auf keinen Fall wollte ich den Eindruck erwecken, dass mir seine Gegenwart missfiel. „Die letzten Tage fand ich wirklich sehr schön, sie verliefen anders als sonst. Du musst wissen, seitdem ich nicht mehr arbeite, plane und strukturiere ich jeden einzelnen Wochentag mit möglichst einem Termin, wie Yoga oder Englisch oder Literatur oder Essen gehen oder, oder. Ungern zwei, denn darauf könnte ein Tag ohne Unterbrechung folgen. Die Starrheit, die geplanten Wiederholungen machen mich fertig, obwohl ich sie brauche, um beschäftigt zu sein, damit ich die Tage unbeschadet überstehe." Nachdenklich lächelte ich Hartmut an. „Die letzten Tage waren ungeplant. Wir trafen uns, sprachen miteinander, jedoch nicht um beschäftigt zu sein und um Zeit totzuschlagen, sondern aus Interesse an dem anderen und nicht an sich selbst. Wir hatten das Leben vor Augen." Ich wunderte mich, was im heutigen Gespräch alles ans Licht kam.

„Das trifft es, gemeinsam das Leben vor Augen haben, ohne den Fokus auf das eigene Wohl zu richten. Einfach das Leben leben wider den allgemeinen Tenor, alte Menschen müssen beschäftigt werden.", bestätigte mich Hartmut.

Anschließend sprachen wir vom Beschäftigungswahn in Alten- wie Pflegeheimen. Armeen Ehrenamtlicher und junge Praktikanten stürzten sich mit beliebigen Angeboten auf die Bewohner. Ein früherer Kollege von Hartmut hatte sich in einem Pflegeheim ziemlichen Ärger eingehandelt, weil er sich strikt wehrte, seine letzte Lebenszeit für Schülerausbildungszwecke oder dem Ego unbezahlter Helfer zur Verfügung zu stellen. Er wollte Ruhe, um sich in seiner Vergangenheit umsehen zu können. Wir schwiegen einen Augenblick, dann fuhr Hartmut sich durch die Haare. „Ein Leben lang verdrängt man den Tod und wenn man ihm ins Auge blickt, soll man basteln oder Brettspiele spielen. Meinen die jüngeren Generationen ernsthaft, dass mit zunehmenden Jahren, mit welker Haut, mit Röcheln, mit beeinträchtigter Mobilität, Bedürfnisse und Emotionen verschwinden? So lange wir leben, leben wir, fühlen wir und haben Bedürfnisse."

Er sah mich mit funkelnden Augen an: „Die reifen, etwas schrumpeligen Bio-Apfel sehen meist nicht so gut aus, aber enthalten die gleichen Nährstoffe und schmecken oftmals besser als knackige von der Plantage."

18

Zwischen der aufregenden Nacht, dem Vormittag im Lokal und dem bevorstehenden Aperitif legte ich mich mittags mit einer Wolldecke in meinen Relax-Sessel. Müde, zugleich hellwach, sinnierte ich über unseren Vormittag. Ich bewunderte Hartmuts ironischen Umgang mit ernsthaften Inhalten, ohne sie der Lächerlichkeit preiszugeben. Nein, ein Heim kam für ihn nicht in Frage, hatte er gelacht. Womöglich müsste er auf seine alten Tage polnisch oder vietnamesisch lernen, um verstanden zu werden, „Váng" oder „tak", auf Bodenkissen sitzen oder Pansensuppe löffeln. Ebenso wenig würde er auf Luxus-Alten-Residenzen in Indien hereinfallen, wo höchstwahrscheinlich eine verordnete Beschäftigungs-therapie in Teppichknüpfen bestand, was ohne Frage produktiver war, als basteln. Hierbei hatte er geschmun-zelt.

Das Telefon unterbrach mich.

„Ich bin es", meldete sich Brigitte und beklagte, nichts von mir zu hören. Sie vermisste von mir ein aufmuntern-des Wort im Stress mit den Handwerkern. Heute beendeten die Maler die Arbeit und sie musste alles gründlich reinigen. Morgen früh würden die Möbel auf-gestellt werden und nachmittags kam der Dekorateur mit neuen Gardinen und Vorhängen.

Plötzlich stockte Brigitte: „Was ist, du sagst ja gar nichts."

„Du redest die ganze Zeit", lachte ich ins Telefon.

„Du hörst dich verschlafen an. Bist du krank?", fragte sie.

„Nein, ich bin nicht krank, ich fühle mich sehr gut." Sollte ich Brigitte meine letzte Nacht anvertrauen? Obschon ich ihren Kommentar ahnte, konnte ich sie nicht für mich behalten, ich musste darüber sprechen und so berichtete ich in kurzen Zügen die Entwicklung mit Hartmut.

„Du hast dich mit ihm eingelassen?"

Eingelassen passte in ein anderes Jahrzehnt und zu meiner Mutter, dachte ich. „Ja, und demnächst fahre ich mit ihm nach München."

Brigitte war entsetzt: „Und Werner? Ist er im Bilde?"

„Ja", log ich und verzieh mir still, weil ich ihn gleich anrufen würde.

„Ich fasse es nicht, du gibst Werner für einen wildfremden Mann auf?", empörte sie sich und stellte die Frage, warum einem alten Mann aus Bayern eine norddeutsche ältere Frau interessierte? War er wirklich finanziell unabhängig? Mehrfach hatte sie Fernsehberichte über die Täuschung alleinstehender Damen durch charmante Männer gesehen.

„Keine Stories über Heiratsschwindler und kriminelle Psychopathen, es ist ein netter Mann."

Brigitte stöhnte ins Telefon: „Ich will dich nur warnen. Pass gut auf. Nicht, dass er sich die Hände reibt, endlich ein Dööfchen gefunden zu haben, die mit ihm die Rente teilt, weil er mittellos ist. Was will so einer?"

„Vielleicht Zuneigung, Verständnis, Sex", kicherte ich ins Telefon.

„Für Sex hätte er bestimmt eine jüngere genommen."

„Oder auch nicht", amüsierte ich mich und dachte an den schrumpeligen Bio-Apfel.

„Ich bin mir ziemlich sicher, der Mann sucht Versorgung. Erst spielt er dir die große Liebe vor, dann kann er ohne dich nicht sein und bald zieht er in deine Eigentumswohnung ein und du hast ihn am Hals. Ich an deiner Stelle wollte seinen finanziellen Status schwarz auf weiß sehen." Brigitte wechselte die Tonlage und versuchte, mit mir eine Allianz gegen sogenannte Heiratsschwindler zu bilden.

„Wenn es ihm um Geld ginge, dann hätte er sich eine reiche Witwe gesucht und nicht so einen armen Wurm wie mich."

„Weißt du sicher, dass er Geld hat?", fragte Brigitte mittlerweile zum dritten Mal.

„Genau weiß ich gar nichts. Ob er Geld hat oder nicht, ist mir egal. Ich bin gern mit ihm zusammen. Ach Brigitte, es ist ein fantastischer Mann", schwärmte ich. „Spätestens am Samstag wirst du es bestätigen."

Das glaubte Brigitte weniger und ich mittlerweile auch. Von der bildhaften Schilderung gerissener Verhaltensweisen egoistischer Männer gelangte sie zu Werner, seiner Ehrlichkeit und der sicheren Pension.

„Schon ohne Hartmut war mir klar, nie mit Werner leben zu wollen. Er stellt sich ein gemeinsames Leben in seinem Haus vor, ich nicht. Ich will abends nicht bei

„Wer wird Millionär" mit ihm um die Wette raten. Ebenso will ich keinem stöhnenden Mann gegenüber hocken, weil er die letzten Begriffe im Kreuzworträtsel nicht findet. Ich hasse kreuzworträtselnde Männer. Ich will keine Frikadellen abwiegen, damit alle das gleiche Gewicht haben. Nein", stöhnte ich und dachte, ich will keinen Mann, der mich nach seinem Orgasmus liegen lässt. „Werner ist für mich mehr tot als lebendig", schloss ich nachdenklich.

Brigitte appellierte an die Vernunft im Alter und hielt meine Euphorie für eine gefährliche, beinahe pathologische Erscheinung aus Altersfrust. In ihren Augen war es eine Torheit, sich die Jugend zurückholen zu wollen.

„Ich bin nicht krank, ich bin verliebt. Und meine Jugend muss ich mir nicht zurückholen, denn ich habe einen Mann kennengelernt, der mein Alter mag und schätzt. Ich wünsche mir, dass du dich für mich freust."

„Das kann ich nicht. Ich kann es einfach nicht begreifen, dass du Werner fallen lässt. Du wirst schwer enttäuscht werden. Du weißt, was es heißt, im Alter tief enttäuscht zu werden. Oft folgt eine Depression. Altersdepression ist eine weit verbreitete Krankheit."

„Du musst mir keine Angst einflößen, ich mag den Mann und freue mich, dass du ihn kennenlernst", entgegnete ich und nach einigem Hin und Her verabschiedeten wir uns.

Ich sah auf die Uhr, für ein Telefongespräch mit Werner reichte die Zeit, zumal er wie in den Anfängen der Telekommunikation „Fasse dich kurz!" beherzigte. Oft musste ich über seinen kleinkrämerhaften Umgang mit jedem Cent lachen. Mir fiel sein Erstaunen ein, als ich anstatt mit einem Streichholz mit zwei Hölzern eine Kerze angezündet hatte. Er hatte die Stirn gerunzelt und es als Verschwendung bezeichnet. Ähnlich reagierte er, als ich ihm ein XXL-Paket mit Filtertüten geschenkt hatte, um den Kaffee nicht aus drei- oder viermal benutzten, anschließend gespülten und getrockneten Filtertüten trinken zu müssen. Pfennigfuchser, griff ich zum Telefon, holte tief Luft und wählte seine Nummer. Es klingelte eine ganze Weile bis Werner abnahm.

„Hier ist Barbara, Werner, wie geht es dir?"

„Haaaa", stöhnte er tief ins Telefon, „du hast Glück, mich zu erwischen. Ich habe kaum Zeit, ich bin im Stress." Er lachte unbeholfen laut. „Ich muss gleich auf meine Enkelin aufpassen und dann muss ich wieder zu Fenny, damit sie etwas zu essen bekommt. Morgen wird der erste Verband abgenommen und dann kann sie sich mit einigen Dingen selbst helfen. Ich melde mich bei dir in den nächsten Tagen, sobald ich mehr Zeit habe. Du kannst sicher sein, ich rufe dich an."

„Ich wollte mich mal auf eine Tasse Kaffee mit dir treffen, was meinst du?"

„Machen wir, ich melde mich. Es tut mir leid, ich muss los zu meiner Schwiegertochter."

Im Stress schien Werner kein großes Interesse an mir zu haben, aber streng genommen hatte er sich mit seinen Angelegenheiten immer in den Vordergrund geschoben.

Die nächsten zwei Tage verbrachten Hartmut und ich viel Zeit miteinander, am Morgen Kaffeetrinken und Zeitung lesen, am Abend Aperitif im Lokal oder bei mir und die Nächte in meinem Bett. Jeder Tag und jede Nacht waren anders. Hartmut und ich wurden sehr vertraut. Es schien, als hatte jeder von uns ein Leben lang auf den anderen gewartet.

19

Am Samstagmorgen auf dem Weg zum Wochenmarkt war ich angespannt. Hartmut hatte gestern kurzerhand voller Zuneigung entschieden, mich zum Markt zu begleiten und mit mir zusammen den Abend mit meiner Freundin vorzubereiten. Es war mir gar nicht recht. Nicht wegen ihm, ich mochte ihn immer mehr. Zu schaffen machte mir unser ungleiches Körperverhältnis durch mein Übergewicht. Das Bild von uns, ich als dicke Matrone und Hartmut als schmächtiger Hänfling, hatte sich in meinem Kopf festgefressen und bestimmte mich nachhaltig.

Am Marktplatz wartete Hartmut auf mich. Ich sah ihn von weitem, er wirkte heute zierlicher denn je und ich fühlte mich so monströs wie nie zuvor. Empfand Hartmut ähnlich wie ich? Bisher hatte er es nicht anklingen lassen. Im Gegenteil, stets machte er mir Komplimente für meinen fülligen Körper.

Wir gingen durch die Reihen der einzelnen Marktstände und die Vorstellung von uns, von mir und dem schmächtigen Mann, ließ mich schwitzen. Ich hatte das Gefühl, mich voranzuschleppen, jedes Kilogramm Übergewicht zu bewegen schien doppelt schwer. Die Freundlichkeit der einzelnen Anbieter begegnete ich nur mäßig, denn ich wollte so schnell wie möglich den Einkauf hinter uns bringen.

Der Weg durch die Fußgängerzone zum Café stellte eine weitere Herausforderung dar. Wegen Hartmuts beschwerlichen Gehens redeten wir wenig, sodass ich in das eine oder andere Schaufenster blickte und das Bild von uns als ungleiches Paar deutlich vor Augen hatte. Als ob ich es nicht glauben konnte, richtete ich meinen prüfenden Blick auf die uns entgegenkommenden Paare und stellte zu meinem Leidwesen fest, dass sich in der Menge der Passanten ausschließlich große Männer mit zierlichen Frauen am Arm bewegten.

„Puh, du hast einen forschen Schritt", stöhnte Hartmut und blieb stehen.

Auf der Stelle blieb ich ebenfalls stehen und in diesem Moment wurde mir bewusst, wie mich das ungleiche Größenverhältnis dominierte. Es schien mich regelrecht zu jagen. „Entschuldigung", sagte ich und spürte meinen Kopf glühen.

„Es tut mir leid, ein schlechter Flaneur zu sein, Barbara, doch mein Bein ermöglicht keine flüssigen Bewegungen."

„Daran habe ich nicht gedacht", stammelte ich. Wie konnte ich Hartmuts steifes Bein ignorieren? Bei jedem Schritt musste er seine Hüfte nach vorn schwingen. Eine sehr anstrengende Bewegung, und ich kämpfte lächerlicherweise mit unserem ungewöhnlichen Größenverhältnis.

Später im Café fühlte ich mich hundsmiserabel. Am liebsten hätte ich mich ein weiteres Mal entschuldigt. Ich sehnte mich nach Hartmuts Vergebung, aber wusste mich nicht zu rechtfertigen. Ihm meinen Vorbehalt angesichts der körperlichen Ungleichheit anzuvertrauen, kam einem Bekenntnis von Oberflächlichkeit und Dummheit gleich und würde alles viel schlimmer machen.

Nachmittags holte mich das Bild von Hartmuts angestrengtem Gang durch die Stadt erneut ein, ich schämte mich vor mir selbst. Während ich den Tisch für den Abend herrichtete, wünschte ich mir, den Weg durch die Stadt ungeschehen machen zu können, einfach zu vergessen.

Ich hoffte auf einen einigermaßen harmonischen Abend mit Brigitte. Vermutlich würde sie gegenüber Hartmut freundlich, höflich distanziert sein, ihn dennoch scharf beobachten und mir morgen telefonisch ihren Eindruck übermitteln. In dieser Weise war die Begegnung mit Kai verlaufen. Ihr Interesse an seiner fernöstlichen Lebensart hatte sich keine vierundzwanzig Stunden später als Verhör entpuppt und zu einem vernichtenden Urteil geführt. „Der Kerl ist verrückt, absolut verrückt", hatte sie Feuer gegen ihn gespuckt. Es war sehr schmerzlich für mich gewesen.

So gut kannte ich Brigitte mittlerweile, sie würde Anstoß an Hartmuts Alter, seiner Körpergröße und der äußerlichen Erscheinung nehmen. Und ich würde ihr klarmachen, dass all diese Äußerlichkeiten für mich keine Rolle spielten. Dass das ungleiche Größenverhältnis mich quälte, würde ich für mich behalten. Es war ohnehin nicht zu ändern. Selbst wenn ich mein Gewicht reduzierte, blieb ich die Stabilere von uns beiden. Im Grunde genommen bestanden für mich lediglich zwei Möglichkeiten, entweder trennte ich mich von Hartmut oder ich löste mich von dem Klischee, Mann groß, Frau zierlich. Trennen wollte ich mich auf keinen Fall, also stellte ich mich der Aufgabe, Hartmut als Winzling und mich daneben als Matrone schön zu finden. Gedanklich suchte ich nach dem Bild eines ähnlichen Paares. Jean-Paul Sartre war kleiner als Simone de Beauvoir gewesen, aber zum Ausgleich dicker. Mir fiel Bernie Ecclestone ein, er wurde immer von größeren Frauen begleitet, allerdings von sehr jungen schlanken Frauen.

Im Schlafzimmer griff ich nach dem neuen dunkelroten Unterrock, den ich mir am Tag nach Hartmuts Begeisterung für den schwarzen gekauft hatte. „Was für ein wunderschönes Accessoire zum Verführen", war sein Kompliment gewesen. Seitdem trug ich im Zusammensein mit Hartmut Unterrock und fühlte mich wohl.

Heute zog ich mein bordeauxbuntes Kleid aus Laos an. Auf der Reise hatte ich es mit einem Tuch und meiner

Mala getragen. Würde Hartmut die Mala albern finden? Die einhundertacht Bodhibaumperlen glitten langsam durch meine Hand und ich wurde bemerkenswert ruhig. Zweimal schlang ich die Kette um den Hals, umfasste die safranfarbene Quaste und sagte laut: „Danke, dass mein Leben momentan glücklich ist."

20

Kurz vor achtzehn Uhr kam Hartmut. Er zog mich zur Begrüßung fest an sich.

„Was siehst du wieder gut aus heute", hielt er kurz inne, „deine Mala ist wunderschön."

Die Betonung machte mich skeptisch und erinnerte mich an die bayerische Rockgruppe Haindling mit dem Song „Du schaust aber guad aus".

„I?", fragte ich auf bayerische Art, soweit mir möglich, „schau guad aus heid?" Dann musste ich lachen und erklärte: „Dein Kompliment klang verdächtig nach Haindling."

„Ja", lachte Hartmut, „als ich es aussprach, merkte ich es. Entschuldige. Ich meine es ernst, die Mala finde ich wirklich schön, sie steht dir."

„Danke, ich trage sie als Schmuck, ich bin keine Buddhistin." Warum legitimierte ich mich? Dann fügte ich hinzu: „Einige buddhistische Weisheiten teile ich."

Es war mir wichtig, die Lehre Buddhas nicht zu verleugnen.

Hartmut hielt mich weiterhin in den Armen: „Durch meinen Indienaufenthalt kenne ich eine Mala, ob sie als Modeaccessoire oder Gebetskette getragen wird, ist mir wurscht. Über Buddhismus und Hinduismus selbst weiß ich zu wenig." Er zog mich fest an sich heran, es klingelte.

In einer Wolke aus frischem Parfümduft kam Brigitte die Treppe herauf, hängte ihre rosafarbene Steppjacke auf den Bügel, zupfte die beige Hose, die rosafarbene Bluse und die beige Strickjacke vor dem Spiegel zurecht, fuhr mit den Fingern durch ihre Haare, schnüffelte kurz, musterte mich und bemerkte spitzzüngig: „Du so indisch, ich hatte mich auf bayerisch eingestellt."

„Komm", umfasste ich lachend ihre Taille. Dann stellte ich sie Hartmut als meine liebe Freundin vor, die den Mann kennenlernen sollte, der so gern wie ich am Morgen im Café die Zeitung las. Darauf folgten nette unverfängliche Fragen und Antworten. Brigitte gab sich betont zwanglos, ich jedoch erkannte ihre Anspannung an der belegten Stimme.

Als ich in der Küche den vorbereiteten Imbiss aus dem Kühlschrank holte, folge sie mir mit zackigen Schritten. „Warte, ich helfe dir", sagte sie laut und peilte ins Wohnzimmer. Mir zugewandt flüsterte sie: „Mein Gott, er ist kein Mann, er ist ein Gnom, alt, mickerig und er hinkt."

„Macht alles nichts", wies ich zurück und ließ mich nicht auf Geflüster ein. Ich reichte ihr eine von den vorbereiteten Platten, nahm die zwei anderen und ging zusammen mit ihr ins Wohnzimmer. Dass Hartmut eigenmächtig Getränke aus dem Kühlschrank holte, empörte Brigitte. „Geht er schon an deinen Kühlschrank?"

„Ja", lachte ich und blieb meinem Vorsatz treu, keine Frauenallianz zu bilden. „Wir haben die Vorbereitungen gemeinsam getroffen und Hartmut, der Mann", ich zögerte, mir lag der Mann im Haus auf der Zunge, stattdessen schwenkte ich um, „unter uns hat für wunderbare Getränke gesorgt."

Brigitte beobachtete Hartmut genau. Ihre Augen registrierten alles, der kleine Kopf bewegte sich zitternd vor Unverständnis, ihre Gesichtsmuskeln zuckten, der schmale Mund wurde zu einem Strich, sooft sie ihn zum Lächeln verzog. Zwischendurch warf sie mir einen verständnislosen Blick zu, den ich bewusst ignorierte.

Am Tisch bedankte sie sich für die Einladung bei mir, ohne Hartmuts Engagement zu würdigen. Sie lobte das Zusammensein, die verführerischen Snacks und das erfrischende Getränk, an das man sich sicherlich gewöhnen konnte, wie Hartmut und ich mit dem ursprünglich italienischen Ritual des „aperitivos" bewiesen.

Worauf wollte sie hinaus? Gespielt freundlich mit einem spitzen Unterton warnte sie vor der Gefährlichkeit regelmäßigen Alkoholkonsums, gerade im Alter. „Ach, was moralisiere ich", verzog sie ihren Mund und grinste mich breit an, „du weißt es am besten aus eigener Erfahrung mit deinem Mann."

Das also war ihr Ziel, mein verstorbener Alkoholiker-Ehemann. Sollte er Hartmut abschrecken, ihn warnen vor mir, als Frau, mit der man zum Alkoholiker wurde? Unverkennbar wollte sie Öl ins Feuer gießen. Die Stichelei war Hartmut nicht entgangen, die kleine Falte lag zwischen seinen Augenbrauen. Erst sah er mich an, dann Brigitte und entgegnete: „Ich gebe dir nur eingeschränkt recht", sie duzten sich mit dem ersten Glas Prosecco, „allerdings steht uns nicht mehr so viel Zeit wie Barbaras verstorbenem Mann zur Verfügung. Wir sind eher tot, als von einem täglichen halben Liter Wein süchtig." In seinem Tonfall lag etwas Beruhigendes. „Und die Warnungen vor Alkohol im Alter in einschlägigen Zeitschriften halten wir nicht für wissenschaftliche Erkenntnisse, sondern als gute Werbung für die Pharmaindustrie, die uns aus Gewinninteresse möglichst lange mit Pillen und Tropfen an einem kränkelnden Leben halten will. Wir vertrauen auf uns selbst und genießen, wofür es sich zu leben lohnt."

Hartmuts Worte gefielen mir, wofür es sich zu leben lohnte. Ich dankte ihm still für die Reaktion auf Brigittes Anspielung.

Unruhig richtete Brigitte sich auf ihrem Stuhl auf und fragte schnippisch, wofür es sich mehr zu leben lohnte, als für ein langes und gesundes Leben. Die Vermeidung von Giften verbunden mit erholsamen Spaziergängen und ausgedehnter Ruhe dienten einem gesunden Körper und einem gesunden Geist bis ins hohe Alter. Vernünftiges Leben verlangte Mäßigung und Bedürfnisverzicht, was in ihren Augen nicht jeder Mensch zu leisten in der Lage war. Argumente für Genussmittel und Gifte hielt sie einzig und allein für Legitimationen mangelnder Selbstbeherrschung. Sie grinste Hartmut abschätzig, beinahe triumphierend an: „Manche können dem Hedonismus eben nicht widerstehen und verkehren die eigene Labilität ins Positive." Sie faltete die Hände und legte sie in den Schoß.

In ihrer Stimme und in ihrem Verhalten lag alle ihre Verachtung gegenüber Hartmut. Ich schämte mich, ich schämte mich für meine Freundin, ich schämte mich fremd. Mein Herz klopfte deutlich spürbar in der Halsschlagader.

„Soweit ich weiß, bedeutet Hedonismus Streben nach Sinnengenuss, oder? Mit den Sinnen Lust und Freude und Genuss zu erfahren halte ich für besser, als sie durch Ruhe und Mäßigung verkümmern zu lassen. Mir hängen die ermahnenden Gesundheitsratschläge zum Hals heraus. Ich will leben wie es gerade kommt und manchmal über die Stränge schlagen", entgegnete ich scharf und hätte am liebsten mit der flachen Hand auf den Tisch gehauen.

Hartmut nickte zustimmend und erklärte: „Mäßig leben nach Plan in Ruhe ist kein vernünftiges Leben, es ist unterdrücktes Leben."

Wortlos verzog Brigitte den Mund, schob die Ärmel ihrer Strickjacke über die Handgelenke zurück und signalisierte Gleichgültigkeit. Eine Geste, die mich rasend machte. Ursprünglich wollte ich nicht in ihrer

Gegenwart in der Wohnung rauchen. Angesichts der Anspannung brach ich meinen Vorsatz und holte einen Aschenbecher aus der Küche, griff in meine Kleidertasche und legte die Schachtel Zigaretten demonstrativ auf den Tisch, setzte mich, nahm eine Zigarette heraus. Hartmut reichte mir Feuer und zündete sich selbst eine Zigarette an.

„Du rauchst hier? Ich habe es vorhin sofort gerochen", verzog Brigitte angewidert ihr Gesicht, die Mundwinkel fielen tief nach unten.

„Gibt es einen vernünftigen Grund, warum ich als Raucher vor meinem eigenen Geruch weglaufen soll? Ich gehe auch nicht nach draußen zur Toilette, um Geruch im Bad zu vermeiden", hielt ich ihr kurz angebunden entgegen. Einen harmonisierenden Ton konnte ich nicht anschlagen, ich war verärgert.

Rauchen war in Brigittes Augen das Unvernünftigste, was ein Mensch sich selbst und vor allen Dingen den Mitmenschen antat. Das beste Beispiel war ihre Tochter, deren Haut anstatt jugendlich rosig, aschfahl aussah und sie sich trotzdem uneinsichtig zeigte. „Mir will sie allerdings erzählen, wie ich zu leben habe", schimpfte Brigitte.

„Wenn uns die Nachfolgegeneration Lebensanweisungen erteilen will, sollten wir ein dickes Fell besitzen, um alles abprallen zu lassen", fügte Hartmut hinzu.

Auf den Generationenkonflikt ging Brigitte nicht ein, sie blieb bei detaillierten Beschreibungen der Streitereien mit ihrer Tochter. Wie in einem Rausch wiederholte sie die gesprochenen Worte, stellte Situationen verbal nach und untermauerte die Berechtigung ihres Ärgers mit Meinungen aus der Clique und Nachbarschaft. Sie abstrahierte nicht von ihrer konkreten Situation, sondern schmückte sie zu einem Bericht aus und wir hörten zu. Dabei schien sie langsam zu entkrampfen. Meine Gedanken schweiften ab und ich fragte mich, warum ich ihr Hartmut vorstellen wollte. Hatte ich ihre Reaktion nicht geahnt? Hoffte ich auf ihre Sympathie für Hartmut, damit ich mich nicht vor ihrer Ablehnung fürchten musste?

Als sie einen Schluck Prosecco nahm, ergriff Hartmut die Chance und betrachtete ihren subjektiven Ärger allgemein. In diesem Zusammenhang warnte er vor der Wirkung verärgerter älterer Menschen in der Öffentlichkeit. Ein schimpfender alter Mann galt schnell als einfältiger Opa und eine Frau als hysterische Alte, womit die Lächerlichkeit dieser Personen garantiert war. Um ernst genommen zu werden, sollte man Ruhe bewahren, lieber weniger reden, als sich zu verhaspeln. Falls nötig könnte man sich einer gesellschaftlichen Rolle mit Autorität bedienen, mal eines Arztes, eines Rechtsanwaltes, eines Polizisten, gerade wie man sie brauchte. Ich lachte und war froh über Hartmuts Geschicklichkeit, immerhin hatten wir dem Monolog von Brigitte lange genug zugehört.

Vergnügt berichtete er von dem Rollenwechsel, der uns zusammengeführt hatte. Ich genoss seine lebhafte Schilderung der Situation, während Brigitte verächtlich grinste und ignorant die Sitzposition veränderte. Sie lockerte die Bügelfalten der Hose und blickte mich selbstgefällig und siegessicher an. Ich ärgerte mich. Hartmut stand auf, berührte mich an der Schulter und ging ins Badezimmer. Sofort zischte sie, kein Verständnis zu haben, wie ich einen derart arroganten Spinner bejahen konnte. Aus dem Leben einen Scherz zu machen, war anormal. In ihren Augen war Hartmut senil und wunderlich.

„Senil nicht, aber anziehend wunderlich", stellte ich voller Zuneigung für Hartmut richtig.

Brigitte sah mich an, als ob mich der Verstand verlassen hatte. Sie schwieg, weil Hartmut zurück ins Wohnzimmer kam. Mit feindseligem Gesichtsausdruck beobachtete sie ihn, bis er sich setzte. Dann fragte sie gehässig, warum er das linke Bein nachzog und ob er Spazierengehen und Radfahren konnte? Sie gibt nicht auf, dachte ich. Anstatt laut aufzubrüllen, behielt ich die Fassung und merkte unmissverständlich an, indiskrete Fragen vielleicht auf einen späteren Zeitpunkt zu verschieben, heute sollte es nicht der letzte gemeinsame Abend sein.

„Indiskret hin, indiskret her. Deine Freundin will wissen, mit wem du es zu tun hast, folglich gehört neben der Lebensanschauung auch die Gesundheit dazu", nickte Hartmut Richtung Brigitte, „nicht wahr? Mein Bein ziehe ich nach, weil es vor siebenunddreißig Jahren nach einem Verkehrsunfall zu lange eingeklemmt war. Mit einem Spezialfahrrad kann ich Fahrradfahren und kleine Spaziergänge sind mir möglich. Ich schwöre", hob er mit ironischem Beiklang in der Stimme die Finger, „ansonsten bin ich nicht wissentlich krank und besitze keine versteckten Prothesen."

Brigitte verzog ihren Mund und erwähnte Werners damaligen schuldlosen Verkehrsunfall, bei dem er entgegen ihrer Befürchtung nach Wochen das Krankenhaus gesund verlassen hatte.

„Ist Werner dein geschiedener Mann?", erkundigte sich Hartmut.

„Nein, es ist mein Cousin", sie schlug die Augenlider nieder und betonte mit zusammengekniffenem Mund, „und ein ganz besonderer Mensch und Freund." Ihr Gesicht verriet Überheblichkeit, als sie den Kopf senkte und ihre Hände in den Schoss legte.

„Aha", hob Hartmut neckend die Stimme, „ich verstehe, besonderer Freund, also dein Liebhaber."

Ich erschrak, eine derartige Frage konnte man Brigitte nicht stellen, körperliche Angelegenheiten sprach sie einzig in Bezug auf Krankheiten an. Und tatsächlich, sie rang nach Luft und ihre Gesichtsmuskeln zuckten. Sie zitterte am ganzen Körper und bekam ein krebsrotes Gesicht.

„Ich bin sechzig Jahre alt und habe ein bisschen mehr im Kopf als Sex", brauste sie angewidert mit gestikulierenden Händen auf.

Ich hatte das Gefühl, uns über diese Situation hinwegbringen zu müssen, um den Abend nicht ganz aus den Fugen geraten zu lassen. Beschwichtigend ging ich auf Brigitte ein: „Reg dich nicht auf, das hast du missverstanden. Wir trinken noch ein Glas und vergessen es."

Hartmut schien gar nichts mehr zu verstehen und entschuldigte sich: „Ich wollte dir nicht zu nahe treten. Es war nur eine Frage. Ich bin mir sicher, vor vierzig Jahren hättest du ohne Einwand nein gesagt. Nur weil wir älter sind, sollen wir so tun, als ob uns Sex nicht mehr interessiert und über Prostatakrebs und Gebärmuttersenkung, Darmverschluss und Nierenprobleme reden?" Ich bemerkte, wie Hartmut unter seinem grauen Pony die Augenbrauen hochzog und langsam seine Geduld verlor. Er stand auf und holte eine weitere Flasche Prosecco aus dem Kühlschrank.

„Unglaublich!", zischte Brigitte mit zusammengebissenen Zähnen, „frech, dieser Kerl."

„Nun mal ehrlich", kam Hartmut zurück, sein Ton war ein anderer, „ist es anrüchig mit fünfundsechzig plus über Einsamkeit, Sehnsüchte und Sexualität zu sprechen? Sind das nicht unsere wirklichen Probleme? Sind unsere Wünsche und Sehnsüchte nicht die gleichen wie vor dreißig oder vierzig Jahren? Weil man sie uns nicht zugesteht, gestehen wir sie uns selbst nicht zu."

„Wünsche, Wünsche habe ich viele, aber bestimmt nicht die einer jungen Frau. Ich akzeptiere mein Alter und nehme mich zurück."

Hartmut blieb ernst. Zwischen seinen Augenbrauen lag die kleine Falte. „Was bedeutet zurücknehmen?", sah er Brigitte an, „heißt es die Stigmatisierung des Alters hinnehmen? Warum sollen alte oder ältere Menschen so tun, als ob sie ihr Leben verloren haben? Warum ist es wichtig, einen zufriedenen wunschlosen Alten zu spielen? Ich bin nicht zufrieden, wenn ich über Krankheiten und das Wetter reden soll. Guck, Brigitte, so unterscheiden wir uns, dich interessiert mein krankes Bein und mich interessiert, wie du dein Leben ohne Mann lebst."

Hartmut zuckte mit den Achseln, schenkte die Gläser voll und gab zu verstehen, wieder zum Anlass der Begegnung zurückkommen zu wollen. „Schön, dass wir uns kennengelernt haben. Brigitte, ich hoffe, nicht den schlechtesten Eindruck auf dich gemacht zu haben. So bin ich und so will ich deine Freundin glücklich machen und gebe alles, damit es mir gelingt."

Für dieses entspannende Schlusswort bedankte ich mich innerlich. Die Stimmung war getrübt, wir saßen uns fremd gegenüber und nach einer Weile höflichen Smalltalk verabschiedete Brigitte sich. Ich schloss die Wohnungstür und beobachtete, wie Hartmut stöhnend in die Küche hinkte und auf seine Hüfte fasste, ein Glas mit Leitungswasser füllte und eine Tablette nahm.

„Hast du Schmerzen?"

„Ja, ein bisschen. Ich glaube, mir heute zu viel zugemutet zu haben. Ich bin eben alt."

„Hast du erst heute Abend Schmerzen bekommen?", fragte ich nicht uneigennützig.

„Nein, gerade heute Abend wollte ich nicht den gebrechlichen Alten abgeben. Ich hatte eine Schmerztablette genommen."

„Es tut mir leid", mein schlechtes Gewissen von heute Morgen meldete sich zurück.

„Danke, hoffentlich vertreibe ich dich nicht mit meiner Gebrechlichkeit", stöhnte Hartmut.

„Warte ab, bis du meine Krankheiten erfährst."

Beide bemühten wir uns um Heiterkeit und vermieden das Thema Brigitte, um etwas Leichtigkeit wiederzugewinnen.

21

Wegen starker Hüftschmerzen fuhr Hartmut früher als sonst nach Hause. Schuldbewusst wälzte ich mich lange im Bett, schlief irgendwann ein und wachte schweißgebadet auf. Heute Morgen hatte ich ungewohnt viel Zeit, Hartmut und ich waren erst am Nachmittag verabredet, da erfahrungsgemäß sonntagmorgens Massen von Frühstücksgästen unser Lokal okkupierten.

In Gedanken an gestern schleppte ich mich durch die Wohnung, kochte Tee, räumte auf und grübelte. War Hartmut wirklich wegen der Schmerzen früh gegangen oder wegen Brigittes offenkundiger Ablehnung? Nach gestern Abend musste er mich für verrückt halten, ein solches Biest wie Brigitte als gute Freundin zu bezeichnen. Kein liebenswürdiges Wort hatte sie über die Lippen gebracht, wie angestochen war sie gewesen. Erneut kochte Wut in mir hoch und ich ging zum Telefon. Mein

Herz klopfte, mein Mund war trocken, als ich zu wählen begann, dann hielt ich inne und stellte das Telefon zurück in die Station. Ich musste mich erst sammeln, die Rolle der krächzenden Furie passte nicht zu mir. Kreischende, bissige Frauen fand ich abstoßend.

In einem dicken Pullover hockte ich mich für beruhigende Atemübungen auf den Balkon, anschließend grüßte ich zwölfmal die Sonne und bemühte mich eine halbe Stunde zu entspannen. Immer wieder mogelte sich das bevorstehende Gespräch mit Brigitte in meinen Kopf, mögliche Redewendungen und die stille Ermahnung an mich, Ruhe zu bewahren. Bevor ich soweit war, klingelte das Telefon, es war Brigitte.

Ohne Umschweife spuckte sie Gift und überschlug sich beim Aufzählen Hartmuts negativer Eigenschaften: arrogant, distanzlos, ironisch, sarkastisch, verrückt, senil, darüber hinaus abstoßend ungepflegt, nicht frisch gewaschene lange Haare und wuchernde Augenbrauen. Den Wildwuchs in seinen Ohren wagte sie sich nicht vorzustellen.

Ich zwang mich zuzuhören. Mein Herz schlug laut, meine Kehle war trocken, mein linkes Ohr rauschte. Als sie eine Verschnaufpause einlegte, ergriff ich das Wort. Allem voran verbat ich mir den despektierlichen Ton, was Hartmut anging. „Es ist empörend wie du dich gegenüber meinem Freund verhalten hast. Ich habe mich für dich geschämt."

„Dieser aufgeblasene Bayer, dein Freund?"

„Ja, mein Freund. Er ist weder aufgeblasen noch verrückt noch ungepflegt noch überheblich. Hartmut ist ein höchst liebenswürdiger Mensch." Ein warmes Gefühl erfasste mich und ich wurde ruhiger. „Ich bin verliebt in ihn", gestand ich sanft, „nach Jahren der Entbehrung ist es ein großes Glück zu lieben, zu begehren, einen anderen Körper zu fühlen."

„Glück? Das ist Sex", fauchte Brigitte angewidert.

„Für mich ist es Glück", erwiderte ich scharf, ich war zurück in der Realität. „Warum sehnt sich ein Mensch trotz wunderbarer geistiger Auseinandersetzung nach körperlicher Nähe? Weil körperliche Nähe und Zärtlichkeit zum Leben gehören. Mit Hartmut kann ich sprechen und das Körperliche genießen, das zusammen macht mich glücklich."

„Nähe, Zärtlichkeit, dass ich nicht lache. Barbara wach auf, er ist ein abstoßender Lüstling. Igitt. Zudem ist er alt und krank. Was willst du mit so einem? Glaubst du, ein Hinkebein verursacht keine Schmerzen? Ha, der und Spazierengehen oder Radfahren. Nie! Du wirst allein unterwegs sein. Er trinkt und raucht, bald sitzt er im Rollstuhl. Du redest ihn dir schön. Er ist nichts anderes als ein behinderter Spinner, ein ekliger Lustmolch, auf den du hereingefallen bist."

Ich musste mich mit aller Kraft zusammenreißen: „Das kranke Bein und sein Alter sind mir gleichgültig, und was die Lust angeht, bin ich froh, dass er Lust empfindet."

„Lust", keifte Brigitte hinaus, „ihr redet von Lust, als ob ihr Nachholbedarf habt. In unserem Alter sollten andere Dinge zählen."

„Nein! Bei dir vielleicht, du unterdrückst sogar Lust auf Schokolade sofern die Tageszeit oder dein Kalorienbudget es nicht erlauben. Möglicherweise bestehen deine Lust und deine Befriedung in dem lautstarken Verkünden der Unterdrückung deiner Bedürfnisse. Allem Anschein nach macht Verzicht dich richtig geil", schoss es aus mir heraus und sofort wollte ich mich für meine Gehässigkeit entschuldigen, doch hörte ich Brigitte „bis demnächst" sagen und ein Knacken in der Leitung.

Mein ganzer Körper zitterte, ich war zu weit gegangen. Wie konnte ich Brigitte, meine Freundin, derart verletzen? Was geschah momentan mit uns? Hin und wieder hatten wir uns mögliche Lebenspartner ausgemalt und gescherzt. Warum lehnte sie Hartmut ab? Aus Neid oder fürchtete sie durch Hartmut das Ende unserer Freundschaft?

Auf dem Weg zum Lokal am See rauschte mein linkes Ohr wie lange nicht mehr. Es erschöpfte mich und machte mich nervös.

Als Hartmut mit dem Hund aus dem Taxi stieg, bewegte er sich schwerfällig, sah blass und abgespannt aus. Ich vermutete anhaltende Schmerzen und war erleichtert, als er verkündete, einigermaßen wiederhergestellt zu sein. Dennoch zeigte er Spuren von Mattigkeit. Wir standen uns gegenüber und verabschiedeten uns für die Zeit des

Hundespaziergangs, als er plötzlich meine Hand ergriff und mich eine Weile durchdringend anblickte. Die Situation trieb mir Tränen in die Augen. Ich streichelte Hartmut über die Wange: „Bis gleich." Schnell drehte ich mich um, ich musste weg, ich wollte vor Hartmut nicht weinen.

Selbst der Hund lief heute mit gedämpftem Bewegungsdrang neben mir.

„Was ist los, Prinz?", beugte ich mich hinunter und streichelte ihn. Er gab eine Art Klagelaut von sich und sah mich mit geneigtem Kopf, aufgestellten Ohren und dem typischen Hundeblick an. „Prinz, du kannst nichts dafür. Es ist alles gut", gab ich ihm einen Keks aus meiner Manteltasche.

Ein Hund lenkte ab, aber führte kein Gespräch, erinnerte ich mich an Hartmuts Einstellung zu einem Hund. Worte fand Prinz nicht, zeigte jedoch angesichts unserer Betrübnis eine Art Mitgefühl.

Ich begann zu weinen und setzte mich auf die nächste Bank. Vorhin prophezeit und nun sitze ich hier allein, schluchzte ich in mich hinein. Hatte Brigitte recht? Begab ich mich in verbindliche Verantwortung, die ich hinterher bereute? Bedeutete eine Beziehung nicht immer Verantwortung und Verbindlichkeit? Ich sehnte mich doch nach Verantwortung und Verbindlichkeit, ich wollte gebraucht werden. Brigitte versuchte mir Angst einzureden. Hätte sie einen ähnlichen Anstoß an einen Hund genommen? Das Haaren hätte sie gestört. Hartmut haarte nicht, dafür sagte er, was er dachte.

Langsam wurde ich klarer im Kopf, spürte wieder Kraft in mir aufsteigen und fühlte mich sicherer. Brigitte hatte mich mit ihren negativen Vorhersagen völlig verwirrt. Hartmuts Alter und seine Beinbeschwerden waren für unsere Beziehung bedeutungslos. So wie Hartmut mir begegnete, bedeutete er mir viel. Wir waren uns in kurzer Zeit wichtig geworden, möglicherweise lebenswichtig. Ich mochte Hartmut sehr und Brigittes Einschätzung konnte mir gestohlen bleiben.

„Komm Prinz, wir beeilen uns, dein Pflegeherrchen wartet, ich habe Sehnsucht", sagte ich zu dem Hund.

Hartmut saß vor zwei brennenden Kerzen und freute sich, als ich mit dem Hund das Lokal betrat. Lächelnd meinte er: „Ich habe um eine weitere Kerze gebeten, ich glaube, wir brauchen heute etwas mehr Licht." Er zog sein Taschentuch aus der Hosentasche, feuchtete es mit Spucke an und wischte meine verschmierte Schminke an den Augen ab.

„Daran habe ich gar nicht mehr gedacht, danke." Von einem Mann mit einem Stofftaschentuch die Spuren von Tränen abgewischt zu bekommen, ergriff mich. In meiner Kindheit hatte es meine Mutter gemacht, selten Tränen, immer den verschmierten Mund.

Hartmut betrachtete sein Werk, spuckte ein weiteres Mal auf das Taschentuch und putzte weiter: „Dich zum Strahlen zu bringen, ist meine Aufgabe."

Nun begann ich zu weinen. Hartmut nahm mich in die Arme: „Lass alles raus." Nach einer Weile wischte er mir die Tränen ab: „Ich will dir das Leben verschönern und jetzt erkenne ich einen richtigen Misserfolg."

„Es liegt nicht an dir, ich bin ein bisschen traurig. Aber genug jetzt", entschied ich und entschuldigte mich zuallererst für Brigittes Verhalten, „ich weiß nicht, was in sie gefahren war."

„Du musst dich für sie nicht entschuldigen. Allem Anschein nach missgönnt sie uns unser glückliches Zusammensein. Ist sie neidisch oder gar eifersüchtig auf mich?"

„Ich weiß es nicht."

„Sie ist eine schrecklich verbitterte und unglückliche Person. Den ganzen Abend sah sie mich an, als ob sie etwas an mir suchte. Und dann das Gift auf die Frage nach dem Verhältnis zu ihrem Cousin."

Weil meine Geschichte mit Werner eventuell mit Brigittes Verhalten zusammenhing, erläuterte ich Hartmut ihr Engagement in dieser Hinsicht und den Werdegang der Beziehung zu Werner. Ich beschrieb die Ähnlichkeit der beiden und meine Vermutung, dass Brigitte mich gern an der Seite ihres Cousins gesehen hätte, vielleicht, um die Frauenfreundschaft garantiert zu wissen.

Hartmut hielt diese Annahme für naheliegend und Brigittes aggressives Verhalten für eine vorübergehende Marotte, die, bevor wir nach München reisten, überwunden sein würde.

„Heute in drei Wochen sind wir in München, wie schön", wechselte er das Thema und rieb die Hände aneinander.

„Ja", sagte ich und gab ihm einen Kuss. Wir waren uns sehr nah und vertraut, der gestrige Abend schien uns noch nähergebracht zu haben. Die folgenden Stunden verliefen wie im Flug mit Pläneschmieden bis die Unruhe des Hundes irgendwann zum Aufbruch drängte.

Auf dem Weg zur Tür erkannte ich an einem der Tische Werner. Zweifellos, es war Werner und die Frau musste die verunfallte frühere Mitschülerin sein, ein Arm war verbunden. Merkwürdig! Werner in einem Lokal war ungewöhnlich und mit einer Frau ungewöhnlicher. Er hatte mich ebenfalls gesehen und stand auf.

„Barbara, das nenne ich Zufall, dich hier zu treffen", begrüßte er mich, reichte mir lachend die Hand und in Richtung Hartmut nickte er mit dem Kopf.

Nach anfänglichem Zögern machte ich die beiden miteinander bekannt.

„Und das ist Fenny, das Unfallopfer", stellte Werner uns die Frau an seiner Seite vor.

Wir reichten ihr die Hand und bedauerten ihr Unglück. Beschämt kicherte Fenny, ihr rundes Gesicht war leicht gerötet. Sie entsprach nahezu vollkommen Brigittes Vorstellung von einer reifen Frau, ein flotter Kurzhaarschnitt, eine beige Hose, eine beige Bluse mit einer hellblauen Steppweste. Diese Freundin von Werner dürfte ihr willkommen sein.

„Der Unfall, ja", Fenny nickte, „gewissermaßen war der Unfall mein Glück. Nach dem Sturz hat mir der liebe Gott Werner geschickt, der mir seitdem nicht von der Seite gewichen ist." Mit der rechten Hand berührte sie vertraut seine Hüfte.

Es schien Werner unangenehm zu sein, seine Augen bewegten sich nervös hin und her. Er hatte also ein Techtelmechtel mit Fenny. Ich schmunzelte über die kleine Lücke unmoralischen Verhaltens bei dem ansonsten tadellosen Werner.

Mit knallrotem Kopf stammelte er: „Man tut, was man kann und naja, man freut sich, wenn es dem anderen gut geht. Unsereins freut sich, dass er helfen kann."

Fenny winkte mich vertraut zu sich heran und flüsterte: „Er ist zu bescheiden, den ganzen Garten und Vorgarten hat er für den Sommer fertig gemacht. Im Frühling sprießen neben Blumen, auch das Gras und ...", sie lachte, „das Gras zwischen den Platten. Alles ist schön sauber, dieses Jahr muss ich nichts mehr machen. Alles ist in der Erde und was nicht rauskommen soll, ist vernichtet." Über ihr Gesicht legte sich ein seliges Lächeln.

Das Knistern zwischen den beiden war deutlich zu erkennen und ich freute mich für sie. Gleichfalls war ich erleichtert, die gefürchtete Beziehungsklärung erübrigte sich. Ich wusste, Fenny war die richtige Frau für Werner. Nach getaner Arbeit, dem sogenannten Tagwerk, würde sie abends neben ihm auf der Bank sitzen und seine Korrektheit loben.

Werners anfängliche Verlegenheit schwand und neugierig wollte er wissen, falls nicht zu indiskret, „ha, ha, ha", woher Hartmut kam und wie es ihm hier gefiel und ob er unsere schönen Wälder kenne. Hartmut verneinte, worauf Werner eine gemeinsame Wanderung in Erwägung zog.

„Laufen kann ich schlecht", klopfte Hartmut an sein linkes Bein.

„Naja, mit den Jahren meldet sich gern die Hüfte", zeigte Werner ahnungslos Verständnis. „Ich habe es eher im Rücken, mein Leben lang musste ich auf einem Bürostuhl sitzen." Er fasste sich auf die Hüfte und simulierte einen Hexenschuss.

Hartmut entgegnete, dass sich bei ihm keine Besserung einstelle, das Bein sei so gut wie steif.

„Das tut mir leid", meinte Werner, „ist nicht das Schlimmste im Alter, dann kommt ihr zum Angrillen am ersten Samstag im Mai mit Bier und Fleisch." In diesem Moment sammelte sich Speichel in seinen Mundwinkeln.

Die Einladung lehnten wir wegen der Reise nach München mit großem Bedauern ab. Hartmut sah mich an, dann schlug er eine Verabredung nach unserer Rückkehr vor. Dass Hartmut eine gemeinsame Rückkehr in Erwägung zog, freute mich maßlos.

„Machen wir ganz anders, ha, ich habe die Idee. Am 1. Juli feiere ich meinen Siebzigsten und ihr seid dabei. Es wird ein großes Fest mit Essen, Trinken und Tanzen", lud Werner uns mit einem Leuchten in den Augen ein.

Hartmut und ich nahmen die Einladung dankend an. Zum Abschied gab Werner einen verbrüdernden Schlag auf Hartmuts Schulter und betonte, sich auf unser Kommen zu verlassen.

22

Zwei Tage nach der zufälligen Begegnung rief Werner an, gab sich eingangs verhalten, dann nach einigen Floskeln entschuldigte er sich geradewegs für die Unaufrichtigkeit. Er hatte mich von Anfang an aufklären wollen, doch hielten ihn Brigittes Botschaften zurück. „Sie machte mir Angst mit den täglichen drängenden Anrufen, ob ich dich getroffen hätte, ob wir uns verabredet hätten, du würdest zu Hause sitzen und auf mich warten. Wahrscheinlich wusste sie nichts von deinem Besuch."

„Richtig", log ich und unterdrückte meine Verblüffung über Brigittes Intrigen. „Alles ist in Ordnung. Wir müssen keine Beziehung klären."

Werner seufzte: „Ja, naja, nein, reinen Tisch machen möchte ich. Mit uns beiden wäre es unter Umständen gegangen, aber ehrlich gesagt, wir sind weit auseinander."

„Ich hatte auch meine Zweifel", bestätigte ich ihn, „um so schöner ist es, dass du Fenny gefunden hast, sie ist sehr nett. Ich freue mich für dich."

„Danke, sie kommt hier aus der Gegend, man kennt sich gut und ich hatte vor fünfundfünfzig Jahren in der Schule bereits ein Auge auf sie geworfen." Werner atmete hörbar und sprach leiser: „Gut, dass ich angerufen habe, nun bin ich erleichtert. Wie ängstlich man mit siebzig Jahren sein kann. Naja, so ist der Mensch. Und der Mann bei dir war wirklich nett. Was hat er mit seinem Bein?"

Werners Neugierde war mir vertraut und ich beantwortete seine Frage: „Es ist steif, weil es bei einem Unfall zu lange eingeklemmt gewesen war."

„Das tut mir leid. Kennt Brigitte ihn? Gestern rief sie an und als ich von unserem Treffen und Fenny berichtete, grummelte sie etwas. Ich merkte, dass sie nichts davon hören wollte." Werner stieß einen Seufzer aus: „Sollte sie sich nicht bald ändern, wird sie keinen Mann mehr finden. Wer will so einen alten giftigen Drachen am Hals haben?"

Zuerst lachte ich, mehr über Werners Art als über Brigittes Verhalten. Dann hoffte ich, Brigitte würde seine Haltung nie erfahren.

Am Abend sprach ich mit Hartmut über den Anruf und er lachte zuerst wie ich. Nach kurzer Überlegung hielt er ebenso das ungleiche Sympathieverhältnis für bedenklich und unterstützte mein Vorhaben, ein offenes Gespräch mit Brigitte zu suchen.

Gleich am nächsten Tag rief ich bei ihr an, allerdings erreichte ich sie nicht. Trotz meiner Bitte um Rückruf hörte ich nichts von Brigitte. Alle weiteren Versuche blieben ebenfalls ohne Reaktion und nach mehr als zwei

Wochen machte ich mir ernsthaft Sorgen. Drei Tage vor unserer Abreise ging ich ohne Voranmeldung zu ihr.

Das Haus sah nicht verlassen aus, ein Fenster war gekippt und als ich klingelte, öffnete Brigitte die Tür und sagte überrascht: „Du?". Dann zögerte sie, bevor sie mich einzutreten bat. Ich spürte, nicht willkommen zu sein.

Brigitte war so gut wie nicht geschminkt. Sie war blass und ihre Haare lagen flach am Kopf. Sie trug einen beigen Jogginganzug mit einem rosa T-Shirt und beigen dicken Socken. Wir gingen ins Wohnzimmer, sie setzte sich stöhnend auf das Sofa und legte sich eine beige flauschige Decke über die Beine. Ein weißes Tablett mit einer Flasche Mineralwasser, einem Glas, einem Fieberthermometer und einer Packung Papiertaschentücher stand auf dem Wohnzimmertisch. Für ihre bequeme Kleidung entschuldigte sich Brigitte und erklärte, eine Magen- und Darmspiegelung über sich hatte ergehen lassen müssen. Seit gut zwei Wochen litt sie unter erhöhter Temperatur, Magenkrämpfen, stetem Durchfall, Übelkeit und Erbrechen. Der Hausarzt hatte für sie einen schnellen Untersuchungstermin bei einem Gastroenterologen arrangiert. Das Ergebnis würde sie in den nächsten Tagen erhalten.

„Es tut mir leid. Warum hast du mich nicht angerufen", fragte ich.

„Weil du mich beleidigt hast", herrschte Brigitte mich an und ergänzte, mir die Zeit mit dem neuen Liebhaber nicht stehlen zu wollen. Hartmuts Namen wollte sie anscheinend nicht aussprechen.

Prompt meldete sich mein Gewissen und prompt rechtfertigte ich mich. Ich zappelte, zappelte am seidenen Faden und Brigitte ließ mich zappeln, sie blieb reserviert.

„Kann ich im Moment etwas für dich tun?", fragte ich kleinlaut.

„Nein, ich bin bestens versorgt, eine Freundin aus der Clique unterstützt mich. In erster Linie brauche ich Ruhe." Ihr kleines Gesicht bestand nur aus verhärmten Zügen, der Kopf geriet in zuckende Bewegungen. Angespannt legte sie die Hände in den Schoß und hielt den Blick starr darauf gerichtet.

Obwohl eine Annäherung aussichtslos schien, bemühte ich mich weiterhin um Verständnis und versicherte, sie nicht durch Hartmut ersetzen zu wollen, sondern beide Beziehungen miteinander zu verknüpfen. Ich betonte, wie mir an unserer langjährigen Freundschaft gelegen war. „Vielleicht verstehst du mich besser, wenn du irgendwann einen Mann kennenlernst und verliebt bist."

„Ich? Einen Mann kennenlernen, niemals", fuhr es aus Brigitte heraus, „nie". Sie erbrach die Worte geradezu, ihr Kopf zitterte. „Allein bei dem Gedanken an einen Mann, an einen Körper, der sich an mich schmiegt, könnte ich kotzen. Igitt, bah", drückte sie ihren Ekel aus und begann alles aus sich herauszubrechen. Bereits als junger Mensch hatte sie nur Abscheu vor nackten Körpern, vor Sex empfunden, dann in den ersten Jahren ihrer Ehe war sie vor den steten Annäherungsversuchen ihres Mannes auf der Hut gewesen, war ihm aus dem Weg gegangen, hatte seine Umarmungen, seine Hände an ihren Brüsten ignoriert und Mühe gehabt, ihn auf andere Gedanken zu bringen. Jeden Abend und jede Nacht hatte sie ängstlich im Ehebett gelegen mit dem sicheren Bewusstsein, irgendwann von seinen gierigen Fingern begrapscht zu werden. „Dieser Barbar legte mich für sich zurecht und keuchte mir feuchten Atem ins Gesicht. Pah! Gott sei Dank, dass das Grauen nach Jahren ein Ende fand." Wie in einem Rausch sprudelte der immerwährende Ekel vor Sexualität, die stete Bedrohung durch Sexualität und dem späteren Minderwertig- keitsgefühl wegen mangelnder Sexualität aus ihr heraus. „Glücklicherweise hat die Natur es so eingerichtet, dass mit zunehmendem Alter endlich Ruhe einkehrt und bei den normalen Menschen das animalische, widerliche Übereinanderherfallen keine Rolle mehr spielt und andere Dinge zählen. Und du meinst, dass ich mich in einen alten knitterigen Lustmolch verliebe", zischte sie mit hasserfüllten Augen. Dann fiel ihr Kopf in die Hände und sie begann zu schluchzen.

Sprachlos setzte mich zu ihr auf das Sofa. Für einen kurzen Augenblick des Besinnens sah sie mich mit eiskalten Augen an, sprang auf, verschwand im Bad und kam nach einer Weile zurück. Ihr Mund glich einem Strich. Distanziert erkundigte sie sich, wann ich abreisen und wie lange ich bleiben würde. Um meine Wohnung konnte sie sich nicht kümmern, da eventuell ein Klinik- aufenthalt anstand.

Im Nachhinein schien ihr der Ausbruch peinlich zu sein, sie verhielt sich, als wären die letzten Minuten nicht geschehen. Vorsichtig versuchte ich das Gespräch auf die Problematik Sexualität zurückzulenken, doch der Zug war abgefahren. Brigitte ignorierte die Andeutungen, gähnte einige Male als Zeichen der Erschöpfung, sodass ich mich aufgefordert fühlte zu gehen.

Auf dem Nachhauseweg begriff ich erst das Ausmaß von Brigittes Problem. Nie hatte sie die erhabenen, wunderbaren, unbeschreiblichen Gefühle im Zusammensein mit einem Mann erfahren. Zeit ihres Lebens war sie vor Sexualität auf der Flucht gewesen und gleichzeitig hatte sie sich ohne Sexualität minderwertig gefühlt. Ein Teufelskreis. Derzeit mit sechzig plus gewann sie an Selbstvertrauen, da angeblich das Ermüden körperlichen Verlangens eine natürliche Alterserscheinung war. Mein Bedürfnis nach lustvollem Leben hatte sie als Spleen abgetan, erst die Beziehung zu Hartmut erschütterte ihre Überzeugung.

Mit diesem Gedankenkonstrukt kam ich zu Hause an und war mir nicht mehr sicher, dass Brigitte und ich wirklich vertraute Freundinnen gewesen waren. Ich hatte ein anderes Bild von ihr und sie wahrscheinlich ein anderes von mir.

Der Anrufbeantworter blinkte, Imke bat um Rückruf. Erst ging ich ins Badezimmer und betrachtete mich im Spiegel. Tiefe Ringe lagen um meine Augen, mein Gesicht war trotz Makeup blass und schlaff, ich fühlte mich erschöpft. Dann kochte ich Tee, nahm einige Kekse aus der Packung und rief Imke an.

„Gut, dass du anrufst, hier herrscht Notstand", begann sie und klagte über wahnsinnige Schmerzen. Weitgehend bewegungsunfähig aufgrund eines vor einer Woche ereigneten Bandscheibenvorfalls war sie ans Bett gefesselt. Entgegen dem Rat des Arztes ließ Imke sich nicht operieren, sie nahm die langwierige schmerzhafte Tortur aus Krankengymnastik und Osteopathie auf sich. Die Kinder wurden versorgt von ihrem Mann mit Hilfe der Schwiegermutter, die gegenwärtig bei ihnen im Arbeitszimmer wohnte. Imke war von der umsichtigen, fürsorglichen Mutter und Großmutter genervt und fürchtete negative Auswirkungen auf ihre Heilung. Daher sollte ich die Schwiegermutter möglichst umgehend ersetzen.

„Leider geht es nicht", verneinte ich wie aus der Pistole geschossen, „am Wochenende fahre ich für wenigstens zwei Wochen nach München."

„Ich denke, du hast kein Geld und dann geht es mal locker für zwei Wochen nach München?"

Drucksend sagte ich: „Du musst wissen, ich habe einen reizenden Mann aus München kennengelernt, er hat mich eingeladen." Es freute mich, jemandem Hartmuts Existenz in meinem Leben anzuvertrauen.

„Ja gut. Aber dies ist ein Notfall", stöhnte Imke, „ich brauche dich. Ich bin doch deine Schwester. Verreisen kannst du immer noch, du hast alle erdenkliche Zeit."

Familie, Schwester zu hören versetzte mir einen kleinen Stich. Trotzdem blieb ich bei meiner Entscheidung: „Ich habe keine Zeit zu viel, zumal mein Bekannter zweiundsiebzig Jahre alt ist." Ein warmes Gefühl durchfuhr mich.

„Ach, es ist schon dein Bekannter?", wiederholte Imke ungläubig. „Habe ich richtig gehört? Verfolgst du etwa noch ernsthafte Absichten?"

„Ja, warum nicht?" Ich zitterte.

„Jetzt musst du mich aufklären. Ist es in deinem Alter, nach Wechseljahren und verlorenem Ehemann, normal, einen Mann zu wollen?"

Warum fragte sie so etwas? Freute sie sich nicht für mich? „Ja", antwortete ich, „warum soll ich keine Lust mehr auf einen Mann haben, ich bin nicht tot. Meinst du, meine Gefühle sind abgestorben?"

„Natürlich nicht, aber Lust auf einen Mann? Er ist sieben Jahre älter als du? Dann muss er ja ein rüstiger Zweiundsiebzigjähriger sein", spöttelte sie.

Warum nahm sie mich nicht ernst? Ich musste tief durchatmen, um ruhig zu bleiben. „Wir haben uns vor gut vier Wochen kennengelernt."

„Du kennst den Mann erst vier Wochen und willst Hals über Kopf mit ihm nach München reisen? Mein Gott, weißt du überhaupt, auf was du dich einlässt? Dass du dir eine Bekanntschaft wünschst, kann ich verstehen, aber dass du für einen fremden Mann alles stehen und liegen lässt? Barbara, was ist los?"

„Ich lasse nichts stehen und liegen, er will mir sein Zuhause zeigen und die Reise ist gebucht."

„Na super, ich höre es, der Mann geht dir über alles andere. Dann in Gottes Namen", stöhnte Imke.

„Ja, dieser Mann ist mir wichtig. Ich werde mit ihm nach München reisen und kann dich nicht versorgen." Meine Stimme zitterte, dennoch musste ich endlich mal mein Unbehagen loswerden: „Und mach mir bitte kein schlechtes Gewissen. Du denkst nur an mich, wenn du mich brauchst, ansonsten bin ich dir gleichgültig."

Imke atmete heftig. „Herrje, was für Vorwürfe? Warum bist du so aggressiv? Hast du Probleme mit deinem Alter? Ich kann nichts dafür, dass du fünfundsechzig Jahre alt bist. Bei Altersfrust oder Altersdepression solltest du ein Gespräch mit einem Facharzt suchen, es gibt bestimmt Mittel und Wege für ein besseres Lebensgefühl im Alter."

Mir wurde es zu bunt, ihre gemeine Haltung bewegte mich zum Auflegen. Hinterher wunderte ich mich über meine Bestimmtheit. Bisher hatte ich nie gegen Imke agiert. Woher kam der Mut zur Ehrlichkeit? War es der Kampf für ein anderes Leben, ein Leben, wie ich es im Sinn hatte? Warum wollten Brigitte und Imke mich mit Krankheiten wie Altersnaivität, Altersdepression, Alterswahnsinn in die allgemein vorgesehene Bahn pressen? Ich war nicht krank, ich wollte leben, etwas erleben und mich nicht in ein einförmiges Leben einrichten, um auf den Tod als Erlösung zu warten, er kam sowieso. Lebendig wurde das Leben, wenn man etwas wagte und Hartmut war ein Wagnis.

23

In der Nacht schlief ich wenig, ich grübelte über Imke. War ich zu rigoros gewesen? Außerdem ging mir Brigitte nicht aus dem Kopf. Ich suchte nach früheren Situationen, die ihre Problematik angedeutet hatten, aber blieb erfolglos. Zu Beginn unserer Freundschaft waren wir mal auf das Thema Bekanntschaftsanzeigen gekommen. Angeblich hatte sie negative Erfahrungen gemacht und wollte es lieber auf einen Zufall ankommen lassen. Dass sie Gespräche über Männer meist mit „igitt" blockierte und auf andere Themen lenkte, hatte ich nicht weiter hinterfragt.

Morgens im Café berichtete ich Hartmut von Brigittes Magen- und Darmdilemma mit einem etwaigen Klinikaufenthalt, ihre sexuellen Probleme behielt ich für mich.

Wir planten die wenigen Stunden bis zu unserer Abreise. Heute Nachmittag hatte ich einen Friseurtermin, heute Abend trafen wir uns zum gemeinsamen Aperitif am See, morgen früh ging ich ausnahmsweise zum Yoga, morgen Nachmittag wollte ich meine Wohnung saubermachen und am Abend früh Schlafengehen. Hartmut wollte am Freitagabend auf seinen Sohn warten.

Zu Hause angekommen, löste ich zuerst das Wohnungsschlüsselproblem mit Kai, der sofort am Telefon zusagte. Er wünschte mir eine gute Reise mit liebevollen Begegnungen.

„Danke im Voraus, Kai, und auch dir viel Liebe", verabschiedete ich mich von ihm und hätte losheulen können, als ob ich mich für immer verabschiedete. Ich war traurig und mir meiner Entscheidung so unsicher wie zu keinem Zeitpunkt vorher. Wenngleich ich Brigittes Verhalten besser nachvollziehen konnte, tat mir ihre Ablehnung sehr weh. Genauso wenig triumphierte ich über die möglichen Folgen meiner Standhaftigkeit gegenüber Imke. Beide waren von mir enttäuscht, waren böse auf mich, weil ich mich entgegen ihren Vorstellungen verhielt. Es war eigenartig, für Bestätigung und Sympathie passten wir Menschen uns an und bildeten uns ein, als Individuen gemocht zu werden, dabei erfüllten wir geforderte Kriterien.

Kurz vor vierzehn Uhr schloss ich den Koffer und stellte ihn an die Eingangstür, er würde zeitnah abgeholt werden. Es ließ mir keine Ruhe, ich musste Brigitte noch einmal anrufen.

„Guten Tag Brigitte, wie geht es dir heute und wie ist das Ergebnis der Spiegelung ausgefallen", fragte ich vorsichtig.

Zuerst schwieg sie und räusperte sich, dann antwortete sie klischeehaft: „Mir geht es den Umständen entsprechend. Das Ergebnis habe ich bis heute nicht erhalten. Ich fühle mich schwach, ich brauche Ruhe, viel Ruhe und vor allen Dingen Abstand. Ich wünsche dir eine gute Reise. Nach deiner Rückkehr kannst du dich ja melden", wimmelte sie mich ab.

Meine devote Haltung schien sie zu stärken. Was meinte sie mit Abstand? Abstand von mir? Zeit heilt Wunden, dachte ich und fühlte mich mutterseelenallein wie lange nicht mehr. In solchen Situationen sehnte ich mich nach der Vertrautheit mit Roland, ein in Jahrzehnten entstandener vorbehaltloser Umgang, ohne Angst vor Blamage, ohne Angst vor Entgleisung. Hartmut gegenüber war ich anders, respektvoll, überlegter, Fehler waren mir peinlich, stets hatte ich mich im Griff. Es klingelte an der Haustür und ich vermutete den Transportdienst. Ich öffnete die Tür, gab meinen Koffer ab und hörte das Telefon im Wohnraum klingeln. „Extern", las ich und nahm neugierig an.

„Hier ist Hartmut", hauchte er ins Telefon, er rang nach Luft, „mir geht es nicht gut. Könntest du kommen?"

„Ja, was ist? Soll ich einen Arzt rufen?"

„Nein, bitte komm", flehte er.

„Ja klar, aber was ist?"

„Barbara, bitte komm."

Irritiert warf ich das Telefon auf den Sessel und zog mir sofort meinen Mantel an. Was war mit Hartmut? Hoffentlich hatte er keinen Herzinfarkt oder Schlaganfall bekommen. Jede Minute zählte in einem solchen Fall. Warum wollte er keinen Arzt? Ich nahm das Fahrrad.

Weniger als zehn Minuten später fuhr ich auf den Hof von Hartmuts Sohn. Ich war außer Atem, mein Herz klopfte, Prinz kläffte und sprang wild jaulend hinter der Eingangstür. Leichenblass öffnete Hartmut, sein Körper schien geschrumpft. Er sah grau aus, alt, er hatte tiefe Augenränder und rote Augen. Er zitterte.

„Hast du Schmerzen?", fragte ich bestürzt.

„Danke, dass du gekommen bist", antwortete er mit brüchiger Stimme. Sein Kinn bebte.

Er schloss mich in die Arme, nahm mich an die Hand und wir gingen ins Haus. Im Flur hängte er meinen Mantel auf, führte mich ins Esszimmer und bat mich Platz zu nehmen, während er in der Küche Kaffee kochte. Ich sah mich um. Alles, der Fußboden, die Fensterrahmen, die Türen, die Möbel bestanden aus Massivholz. Eine Stehlampe stand verloren in einer Ecke und auf dem Tisch lagen jede Menge Papiere.

„Alles Öko", sagte Hartmut, stellte den Kaffee auf den Tisch und setzte sich neben mich, „das Haus ist vor Jahren von der Frau meines Sohnes eingerichtet worden, alles unter ökologischen Gesichtspunkten, die Möbel, Kissen, Tischwäsche und, ach ausnahmslos alles, was hier zu sehen und nicht zu sehen ist." Er winkte ab, seine Haare fielen ihm ins Gesicht: „Die Ehe ist längst kaputt, soviel ich weiß, lernte sie einen anderen Mann kennen."

Was redete Hartmut? Suchte er eine Einleitung für irgendetwas? Hatte er es sich mit München anders überlegt? Krank schien er nicht zu sein, aber erschöpft. Sein Gesichtsausdruck war mir fremd, er war hart, resigniert. „Was ist los?", fragte ich ihn.

Hartmuts Augen füllten sich mit Tränen, er senkte den Kopf und begann zu berichten: „Als ich vorhin nach dem Cafébesuch ins Haus kam, rief mein Sohn an und bat mich, ihm vergessene Unterlagen nach China zu faxen, die ich im Schreibtisch finden sollte. Der Schlüssel befand sich in einer unscheinbaren Teedose. Natürlich machte ich mich sofort an die Arbeit und dabei stieß ich auf einen Satz Faxe, die im Betreff meinen Namen trugen. Nachdem ich meinem Sohn seine vergessenen Unterlagen geschickt hatte, widmete ich mich dem überraschenden Fund."

Hartmut fuhr mit der Hand abwertend über den Stapel Faxe auf dem Tisch. „Hier, ein Schreiben seiner Mutter", sagte er und reichte mir mit zitternden Händen das Fax.

„Nein, wie komme ich dazu, ich werde keine Post von deiner geschiedenen Frau an deinen Sohn lesen", widersprach ich und wies darauf hin, dass es ihm ebenfalls nicht zustand, die Post des Sohnes zu lesen.

„Diese ja. Ich lese vor." Hartmuts Hände bebten, sein Gesicht war rot gefleckt und die Stimme schwach:

„Lieber Erik, ein vertrauenswürdiger Freund informierte mich über den leichtsinnigen Geldumgang deines Vaters. Geschickt war er in dieser Hinsicht ja nie. Er soll das Geld gedankenlos hinausschleudern. Sechs Wochen ließ er sich durch Amerika kutschieren. Die Kosten für einen solchen Luxus, mein Gott. Aber nicht genug, er blieb über eine gewisse Zeit in einem Ort an der Westküste und kaufte sich Sympathie bei alten Hippies und Nichtsnutzern. Wieder zurück, sucht er besessen nach einem Bauernhof im Allgäu, um mit Gleichgesinnten aus einem Topf zu leben. Angeblich hat

er bisher nicht das richtige Objekt gefunden. Dem Himmel sei Dank.

Alte Menschen sind eigentlich sparsam und wer im Alter derart unüberlegt Geld ausgibt, leidet mit Sicherheit unter beschränkter Zurechnungsfähigkeit. Erik, ich gebe dir den guten Rat, falls du noch etwas von dem Ersparten deines Vaters, dem Erbe deiner Großeltern väterlicherseits und von Victor haben möchtest, nimm Kontakt mit deinem Vater auf, gewinn sein Vertrauen und bring ihn in einem Altersheim unter. Seine monatliche Rente wird ausreichen.

Handlungsbedarf besteht sofort, ansonsten ist das ganze Geld weg. Ich habe mich bereits gekümmert und kann Dir mitteilen, dass eine normale Unterbringung in Bayern ungefähr tausendfünfhundert Euro monatlich teurer ist als in Norddeutschland.

Achtzehntausend Euro jährlich sind eine stattliche Summe, für die man schon mal über seinen Schatten springen kann. Sei klug, gehe taktisch vor und lass dir schnellstens eine Vollmacht für seine Bankkonten übertragen. Wenn du geschickt genug bist, überträgt er dir sicherlich auch seine Wohnung. Nach der Sache damals wird er für jeden Kontakt und deine Zuneigung dankbar sein. Kümmere dich um ein Heim bei dir in der Nähe und mach ihm die versäumte Beziehung schmackhaft. Bitte ihn einfach während Deines Chinaaufenthaltes um seine Hilfe bei der Betreuung des bellenden Überbleibsels von Sabina. Ich versichere, dein Vater wird dir dankbar aus der Hand fressen.“

Hartmuts Stimme versagte. Ihm flossen Tränen, er war aschfahl und schlotterte. Dann zeigte er mir die eingeholten Kostenvoranschläge für einen hiesigen Altenheimplatz.

„Unglaublich", stieß ich aus. Der Sohn hatte das günstigste Angebot mit einem großen Ausrufezeichen markiert.

Das Gesicht in den Händen vergraben, schluchzte Hartmut. Wortlos berührte ich ihn. Gleich danach las er ein weiteres Fax von seiner geschiedenen Frau vor, in dem sie den Sohn lobte, derart flink die Weichen gestellt zu haben. Darunter befand sich ein lachender Smiley.

„Mir fehlen die Worte", gab ich ehrlicherweise zu. Als Unbeteiligte fühlte ich mich nicht in der Lage das Ausmaß der Verletzung zu überblicken, doch Hartmut tat mir sehr leid.

Er schilderte, wie der Sohn ihn vor gut drei Monaten angerufen und sich die Reaktivierung der Vater-Sohn-Beziehung gewünscht hatte. Unbedingt sollte Hartmut für einige Zeit zu ihm kommen. „Ich habe mich gefreut wie ein kleines Kind und hatte den Eindruck, dass endlich meine jahrzehntelangen Kontaktversuche nicht vergebens gewesen waren. Vorhin wollte ich sofort verschwinden, aber nachdem mein erster Schock überwunden ist, weiß ich, geschickter vorgehen zu müssen, um nicht in die Falle zu geraten."

An der Aufrichtigkeit des Sohnes hatte Hartmut nicht gezweifelt. Für sein Kind war er bereit gewesen, alles zu tun, was sein schlechtes Gewissen abschwächte. „Genau wie seine Mutter vermutete, fresse ich ihm aus der Hand wegen eines unentschuldbaren Ereignisses." Hartmut lehnte sich auf seinem Stuhl zurück, seufzte tief, legte die Hände gefaltet auf den Tisch ab und vertraute mir den schwarzen Punkt, wie er ihn nannte, auf seiner weißen Weste an.

In der Zeit kurz vor dem Konkurs seiner Firma hatte er wegen der nervlichen Anspannung nahezu regelmäßig Beruhigungstabletten genommen. Eines Abends war er nach Hause gekommen, hatte drei oder vier Gläser Cognac getrunken, bevor seine Frau anrief, er sollte den Sohn von einem Spielfreund abholen. Trotz des Alkohols war Hartmut losgefahren. Auf dem Rückweg hatte das Zusammenspiel von Alkohol und Beruhigungstabletten ein unvorhersehbares Ausmaß angenommen und es ereignete sich der lebensverändernde Unfall vor siebenunddreißig Jahren.

Daher sein steifes Bein, dachte ich.

Hartmut sah ins Leere, er knetete die Hände, er nahm seine rechte Hand vor den Mund und weinte, schluchzte und flehte, endlich Ruhe zu finden. Nach einer kurzen Pause fuhr er fort, dass der Junge trotz Sicherheitsgurt schwer verletzt worden war, gebrochener Nackenwirbel mit Lähmungen, einige gebrochene Brustwirbel, eine Störung des rechten Gehörgangs und eine Beeinträchtigung des rechten Auges. Nach langem Krankenhausaufenthalt, vielen Eingriffen von Spezialisten war er nach anderthalb Jahren absolut wiederhergestellt und gesund. Am Abend des Unfalls hatte seine Frau ihn verlassen. Sie war zu ihrem Vater zurückgegangen und erhielt bei der Scheidung das alleinige Sorgerecht für den Sohn.

„Dieser Unfall hat mich mein Leben gekostet. Ich war nie mehr ohne Schuldgefühle. Ich träume stets von dem Unfall und bin jedes Mal froh und dankbar, ein kaputtes, unheilbar steifes Bein zu haben. Meine Strafe. Und diese lebenslängliche Qual benutzt die geldgierige Sippe, um mich ganz zu vernichten."

Er weinte. Ich nahm ihn in die Arme und wartete schweigend ab, bis er wieder redete. Irgendwann holte ich eine Decke und riet ihm zu ruhen. In der Zeit würde ich für ihn Kopien von den Faxen anfertigen und mit dem Hund laufen.

Unterwegs überlegte ich, dass Hartmut in den Augen der früheren Ehefrau und des Sohnes auf ein Rechen-exempel reduziert worden war, Gewinn und Verlust, er als Mensch spielte keine Rolle. Mir fiel der Geschäftsführer im Café ein, seine Rohheit war ein-schätzbar im Gegensatz zu der maskierten Verrohung Hartmuts früherer Familie.

Wie diese Sache Hartmut aus der Bahn warf, erstaunte mich. Bis vorhin war er die Souveränität in Person und nun ein gebrochener Mann. Allem Anschein nach verfügte das eigene Kind über ein großes Potential an emotionaler Macht.

Spielte ich unter diesen Umständen für Hartmut überhaupt eine Rolle? Passten unsere gemeinsamen

Pläne in sein verändertes Leben? Ein Kind stand immer an erster Stelle. Fand ich als Frau einen Platz im Leben eines Mannes, eines Vaters, eines leidenden Vaters? Ratlos angesichts der Situation gab es für mich eine Frage: Störte ich Hartmut bei seinen Familienproblemen? Die Antwort musste er geben.

Nachdem ich die Faxe kopiert hatte, kaufte ich für das Abendessen ein und ging mit Prinz in meine Wohnung. Der Hund hatte sich mittlerweile an mich gewöhnt und ich mochte ihn. Er lag ruhig im Wohnzimmer. Sollte Hartmut ohne mich nach München reisen wollen, könnte ich vielleicht Prinz behalten. Um ein vermittelndes Wort mit seinem Sohn würde ich Hartmut bitten.

Telefonisch entschuldigte ich mich beim Friseur für den verpassten Termin und bat erfolglos um einen am kommenden Tag. Ich versuchte es bei einem anderen Friseur, auch hier ohne Erfolg. Ich gab es auf, wer wusste, ob aus unserer Reise etwas wurde.

Ich machte mich frisch, zog mich um, schminkte mich und holte eine Flasche Rotwein aus der Küche. Zigaretten kaufte ich unterwegs am Kiosk. Als ich nach ungefähr drei Stunden bei Hartmut wieder eintraf, wirkte er aufgeräumter.

Während des Aperitifs sprachen wir über seine Enttäuschung und den zukünftigen Umgang mit der Situation. Er hegte Rachegefühle, die nicht zu ihm passten. Ich gab zu bedenken, nicht nur ihm hatte man damals den Sohn genommen, auch hatte man dem Sohn den Vater genommen. Das Verhalten des Sohnes war meines Erachtens auf die Haltung der Mutter, des Großvaters und höchstwahrscheinlich des Internats zurückzuführen.

„Ich kann mich nicht auf irgendeinen guten Kern berufen. Logischerweise gibt es für jedes Verhalten Gründe, aber ich muss mit dem gegenwärtigen Menschen umgehen. In meinem Fall bedeutet es, ich muss haarscharf aufpassen, damit mein Sohn mich nicht bei lebendigem Leib begräbt."

Bei der morgigen Rückkehr des Sohnes wollte Hartmut den Fax-Fund verschweigen und sich in München umgehend den Besitz seiner vollen geistigen Kräfte attestieren lassen. Darüber hinaus plante er, den Sohn testamentarisch zu enterben.

In diesem Zusammenhang erwähnte ich mein Verständnis, falls er lieber ohne mich nach München reisen und für sich die Angelegenheit klären wollte.

Entgeistert sah Hartmut mich an: „Auf keinen Fall, wir reisen gemeinsam. Ich freue mich darauf. Oder möchtest du nicht, weil ich meinen Sohn am Hals habe?"

Ich wehrte ab, verneinte und versicherte, gern mit ihm zu reisen, nur ihm nicht im Weg sein zu wollen.

„Im Weg? Du sollst mir sogar im Weg sein, unbequem sein, um mit mir einen gemeinsamen Weg zu finden", lächelte er verlegen, „es tut mir leid, dass ich dich in meine Probleme hineinziehe. Sie sind nun mal da und es müssen Vorkehrungen getroffen werden, um unbeschwert leben zu können."

24

Eine Stunde vor dem Abholtermin saß ich fertig im Wohnzimmer und hakte gedanklich alle notwendigen Erledigungen ab. Die Wohnung war sauber, ein Aufkleber „Keine Werbung bitte" klebte auf dem Briefkasten, die Stecker, bis auf den Kühlschrank, herausgezogen. Wirklich sicher war ich erst, nachdem ich mich ein zweites Mal der Erledigungen versicherte, mein Tick.

Um sechs Uhr holte Hartmut mich mit einem Taxi für die Fahrt zum Bahnhof ab. Er sah blass aus, sein Gesichtsausdruck war von Enttäuschung gezeichnet, er bemühte sich um Heiterkeit. Beide saßen wir hinten, berührten uns an den Händen, redeten über dies und das, trotzdem waren wir unsicher im Miteinander.

„Meine Liebe, ich wünsche dir eine schöne Zeit mit mir und hoffe, dass sie lange andauern wird", flüsterte Hartmut.

Seine Liebenswürdigkeit rührte mich, ich küsste ihn auf die Wange. „Danke, ich gebe es so zurück, andernfalls habe ich eine Rückfahrkarte." Würde ich sie vorzeitig gebrauchen?

„Die zu kaufen, war eine große Dummheit", blinzelte er mich an.

Die neunstündige Zugfahrt verbrachten wir eng zusammengerückt in der ersten Klasse. Ich spürte Hartmuts Unruhe an seinen bebenden Händen, manchmal schüttelte er sich. Seine bis vor drei Tagen leicht bräunliche Gesichtsfarbe war blass und rot gefleckt. Das

Ereignis mit seinem Sohn veränderte unsere Stimmung. Hartmut hatte Leichtigkeit eingebüßt, er redete wenig, war introvertiert und wenn er sprach, dann in einer unterdrückten Tonlage. Ich wollte ihm selbstverständlich helfen, jedoch konnte ich die Liebe eines Kindes nicht ersetzen.

Da er die gestrige Rückkehr des Sohnes nicht erwähnte, zögerte ich mit der Nachfrage, ich wollte nicht neugierig erscheinen. Irgendwann war es mir zu dumm und ich fragte ihn.

„Danke für dein Interesse", zeigte Hartmut sich erleichtert und erklärte, sich zurückgehalten zu haben, um mich nicht zu belasten.

Dann berichtete er, dass sein Sohn am Abend spät zurückgekommen war und sie nur für kurze Zeit bei einem Glas Wein zusammengesessen hatten. Demnächst würde der Sohn ein weiteres Mal nach China reisen müssen und Hartmut solle ein zweites Mal auf den Hund aufpassen. Hartmut atmete tief ein und sagte: „Es war nicht leicht, aber ich habe mich während des Gesprächs gut im Griff gehabt. Wir verabschiedeten uns bereits gestern Abend, heute morgen sah ich ihn nicht mehr."

Hartmut hielt seine Tränen zurück, als er verkündete, die Hoffnung auf eine Vater-Sohn-Beziehung endgültig begraben zu haben. „Der kaltherzige Missbrauch meiner Gefühle um sich zu bereichern, ist ...", seine Stimme erstickte, er hielt die Hände vor die Augen und weinte. Ich musste mich zusammennehmen, um nicht mitzuweinen.

Eine ganze Weile schwiegen wir, plötzlich sah Hartmut mich mit klaren Augen an. „Eins muss ich dir erzählen", begann er und schilderte lebhaft die Begegnung mit dem sogenannten Freund des Hauses vor dem Schaukasten eines Immobilienhändlers, was er ihm vorgegaukelt und wie er das Entsetzen in dessen Augen genossen hatte.

„Deine Schwindelei hätte fast böse Folgen gehabt", erinnerte ich ihn und riet besser aufzupassen. Schnell waren Krankheitsbilder zur Hand und er war der Alterswahnsinnige. Ich untermauerte meine Ansicht mit dem Telefongespräch meiner Schwester. „Weil ich mich nicht von ihr vereinnahmen ließ, hält sie mich für psychisch gestört."

Hartmut erschrak und bat mich, ihn zukünftig sofort von solchen Äußerungen in Kenntnis zu setzen. „Wir müssen wachsam sein und gegenseitig aufpassen, dass wir nicht in die Schublade für Altersdemente abgelegt werden." Er drückte meine Hand: „Gut, dass wir uns kennengelernt haben, vier Augen sehen mehr als zwei, vier Ohren hören mehr, als zwei."

„Ja", bestätigte ich, aber fragte mich im gleichen Atemzug, ob diese Vorsicht nicht übertrieben war.

Müde schlossen wir die Augen. Warum wollten wir Menschen unser letztes Lebensviertel, das Alter, überhaupt leben, wenn es uns aller Voraussicht nach viel abverlangte, überlegte ich. Überspringen bedeutete, in den Tod zu springen. Und wer hatte davor keine Angst? Ich wollte auch noch nicht sterben, zumal ich bereits mein früheres Leben weitgehend versäumt hatte und falls ich auf das Alter verzichtete, würde ich mein ganzes Leben versäumt haben. So ein Quatsch, dachte ich. Was spinne ich mir zusammen? Ob glücklich oder unglücklich, reich oder arm, krank oder gesund, jung oder alt, das eigene Leben versäumte man nicht. Zwar konnte man bedauern, dass sich das eigene Leben nicht gemäß einer Vorstellung von einem schönen Leben entwickelte oder entwickelt hatte, aber solange man lebte befand man sich im eigenen Leben. Ich öffnete die Augen, die Landschaft raste vorbei, ich spürte Hartmuts warme Hand.

25

In München angekommen fuhren wir mit einem Taxi in die Marktstraße zu Hartmuts Wohnung, wo bereits die Koffer dank seiner netten Nachbarin im Flur standen.

„Das ist mein Reich, herzlich willkommen", sagte Hartmut mit einladender Geste. Dann öffnete er einen Raum. „Hier in meinem früheren Schlafzimmer kannst du deinen Koffer auspacken, es als Ankleidezimmer benutzen, der Schrank ist leer."

Anschließend führte er mich in das Wohnzimmer, ein großer Raum mit Parkettfußboden, weiß gekalkten Wänden mit zwei großformatigen Malereien und einigen Masken. Das Mobiliar bestand aus einem antiken Schreibtisch mit Stuhl, einem langen schwarzen

Ledersofa mit zwei Beistelltischen, einem runden Esstisch mit vier Stühlen, einem Schrank mit Geschirr, einem wandfüllenden Bücherregal, einer Musikanlage und einem Fernsehgerät.

„Erst einmal den alten Mief aus der Wohnung lassen", schob Hartmut die mit Ornamenten versehenen goldgelben Vorhänge zur Seite und öffnete die Balkontür.

Alles war beeindruckend großzügig. „Eine sehr schöne Wohnung hast du", lobte ich und erkannte, es war nicht die Wohnung eines armen Mannes. Unsicher berührte ich Hartmuts Hand. Ich mochte mich nicht bewegen, ich hatte das Gefühl zu staksen. Darüber hinaus musste ich dringend zur Toilette.

Hartmut umfasste meine Taille: „Ich freue mich, dass es dir hier gefällt und nun zeige ich dir das Schlafzimmer. Mein Bett ist unwesentlich breiter als deins."

Auch dieser Raum war großzügig, weiße Wände, blaue Vorhänge, eine Malerei, ein Buchenholzschrank, ein Buchenholzbett. Ich fragte mich, wie viele Frauen in diesem Bett mit Hartmut die Nacht verbracht hatten. Waren sie so alt wie ich gewesen oder jünger? Er führte mich zu einer zweiten Tür im Schlafraum, hinter der sich ein Flur mit Wandschrank und durch eine Glastür abgetrennt ein geräumiges Bad befand.

„Interessant!", staunte ich.

Beim Kauf vor fünfundzwanzig Jahren umfasste die Wohnung fünf Zimmer und ein Bad, erklärte Hartmut, und nach dem rollstuhlgerechten Umbau schrumpfte sie auf drei Zimmer mit zwei Bädern.

Ich unterbrach ihn, ich hielt es nicht mehr aus, meine Blase schmerzte: „Entschuldige bitte, aber eins von den zwei Bädern muss ich sofort benutzen."

„Bitte", ließ Hartmut mich allein und ging ins Wohnzimmer.

Ich hockte mich verkrampft auf die Toilette. Nach einer ganzen Weile entspannten sich nach und nach meine Muskeln. Jeder losgelassene Tropfen Urin schien beim Aufkommen zu dröhnen. Eine derartige Situation war mir nicht fremd. Seit meiner Jugend kannte ich das Problem, in Anwesenheit eines Mannes eine Toilette zu benutzen, mit Ausnahme von Roland nach Jahren unserer Ehe. Nicht einmal die eigene Wohnung gab mir Sicherheit. Wenn Hartmut bei mir gewesen war, hatte ich beim Toilettengang laufendes Wasser aus dem Wasserhahn als Geräuschkulisse benutzt. Meinen Stuhlgang hatte ich in der Zeit seiner Abwesenheit verrichtet. Hoffentlich bekam ich hier keine Verstopfung und wie war es mit der einen oder anderen Blähung? Ich sah mich um. Dieses Bad schien das von dem Cousin gewesen zu sein, überall Haltegriffe und ein kleines Fenster. Das andere Bad war kleiner, hatte glücklicherweise ein großes Fenster und kam mir wegen meines Toilettenproblems mehr entgegen.

Was würden wir heute Nachmittag unternehmen? Die Wohnungsbegehung war abgeschlossen. Ich fühlte mich wie in einer Ferienwohnung. Man hatte alles gesehen und die Wohnung für gut befunden, der Vermieter war gegangen und endlich besuchte man die Toilette, eine fremde Toilette, die man für sich markierte. Hiernach richtete man sich für die nächste Zeit ein. Wie sollte ich mich hier einrichten? Am liebsten würde ich erst einmal duschen und andere Kleidung anziehen. Nach einer Bahnfahrt fühlte ich mich meist schmuddelig. Ich schnüffelte an meinem Pullover, der den typischen Geruch von Bahnfahrt ausdünstete.

Im Wohnzimmer wartete Hartmut am Tisch, vor ihm zwei Gläser mit Schnaps und ein Aschenbecher mit einer Packung Zigaretten. „Champagner habe ich keinen, dafür einen Marillenschnaps zum Anstoßen auf uns in München. Komm, rauchen wir eine dazu, ab heute wird hier in der Wohnung geraucht, ich habe von dir gelernt." Er lachte.

So saßen wir eine Weile und ich fragte, ob etwas gegen eine Dusche spräche.

„Selbstverständlich kannst du duschen. Such dir ein Badezimmer aus, mir ist es gleich, welches ich benutze. In den Schränken sind Handtücher."

Dachte Hartmut an ein separates Bad für jeden von uns oder sollte ich mich für ein gemeinsames Bad entscheiden? Ich tastete mich vorsichtig heran: „Weil ich meine Sachen in deinem früheren Zimmer deponiere, würde ich das Bad daneben bevorzugen."

„Gut, dann nehme ich das mit den vielen Haltegriffen."

Erleichtert stand ich auf, getrennte Bäder würden mein Toilettenproblem mit Sicherheit mindern.

Später kauften wir Lebensmittel im nahegelegenen Supermarkt, orderten bei einem Getränkehandel zwei

Kästen Mineralwasser, einige Flaschen Prosecco, Champagner und Rotwein, was in den nächsten zwei Stunden angeliefert werden würde.

Zurück in der Wohnung kochten wir Tee, aßen bayerische Krapfen namens Ausgzogene, setzten uns anschließend nebeneinander auf das Sofa und warteten auf den Getränkedienst. Mir kam „Ödipussi" von Loriot in den Sinn, die Verkrampftheit des Herrn Winkelmann mit seiner Freundin Frau Dr. Tietze. Ich fühlte mich wie Herr Winkelmann, verkrampft und angespannt.

Am Abend gingen wir für zwei Stunden zum Aperitif in ein nahegelegenes Lokal. Erschöpft fielen wir hinterher ins Bett, nahmen uns in die Arme und gaben uns stillschweigend das Einverständnis, umgehend schlafen zu wollen. Ich war froh darüber, ich fühlte mich fremder als in einem Hotelbett.

Zwar schlief ich schnell ein, wachte allerdings mitten in der Nacht auf. Mein Ohr rauschte stark. Hartmut schlief sehr unruhig, er drehte sich häufig und gab tiefe Schnarcher von sich. Die Geschichte mit seinem Sohn raubte ihm die Ruhe. Er hatte mir ein Bild von seinem Sohn gezeigt, ein großer schlanker Mann mit kurzen strähnigen mittelblonden zur Seite gekämmten Haaren und schmalen Lippen. Genau der Großvater mütterlicherseits hatte Hartmut gemeint. Alles fremde Menschen, die ich nicht kannte, aber inzwischen zuzuordnen wusste. Binnen vier Wochen war ich in eine Familiengeschichte geraten, mit der ich persönlich wenig zu tun hatte.

Am Sonntagmorgen lagen wir lange Zeit im Bett, Hartmut versorgte uns mit Tee und Buttertoast.

„Fehlt dir Prinz?", fragte ich.

„Nein, überhaupt nicht", antwortete er, „befürchtet hatte ich es. Der Hund war außer Rand und Band als das Auto meines Sohnes auf den Hof fuhr. Ab dem Zeitpunkt spielte ich keine Rolle mehr und damit war es gut für mich."

Dass mir der Hund fehlte, behielt ich für mich und auch, dass ich in Erwägung gezogen hatte, ihn unter anderen Umständen zu übernehmen.

Gegen zehn Uhr standen wir auf. Das eigene Badezimmer erleichterte mir die Morgentoilette. Als ich in die Küche kam presste Hartmut Orangen für zwei Gläser Saft aus. Ich beobachtete ihn kritisch. Hier war ich Gast und Hartmut ein anderer. Er mit mir in meiner vertrauten Umgebung war für mich einfacher gewesen.

Obwohl die Küche durchaus ansprechend war, fühlte ich mich unwohl. Wie bei einem Vorstellungsgespräch hockte ich auf dem vorderen Drittel der Sitzfläche eines Küchenstuhls, es fehlte lediglich die Handtasche auf dem Schoss.

Meinen Blick ließ ich durch den Raum schweifen und betrachtete die farbenfrohen indischen Bilder. In einer Ecke der Fensterbank stand ein altes Kofferradio mit abgegriffenen Knöpfen, in der anderen Ecke befand sich eine aufgebaute Szene aus vielen kleinen Soldaten. Allem Anschein nach handelte es sich um Miniaturen aus der chinesischen Terrakotta-Armee.

Wie aus heiterem Himmel griff Hartmut seufzend die aufgereihten Figuren: „Der Dekorationswahn meiner Haushaltshilfe ist nicht zu bremsen." Er öffnete die untere Schublade des Schrankes, holte ein Stoff bezogenes Kästchen und legte die Figuren hinein. „Verpackt macht die Armee sie unruhig. Immer wieder stellt sie sie auf." Er lachte, er lachte wie vor einigen Tagen: „Kostbare Figuren müssen auf Fensterbank, hatte die gute russische Fee gemeint."

Dann machten wir uns auf den Weg zu einem Café, bestellten ein kleines Frühstück, lasen in der „Süddeutschen" vom Samstag und nahmen uns viel Zeit, Berichte zu kommentieren, Journalisten zu zitierten. Eine Situation, wie ich sie mir gewünscht hatte, leider fehlte mir dabei Freude. Jahrelang hatte ich in der Provinz Großstadt gespielt, sie herbeigesehnt und endlich hier, fühlte ich mich fehl am Platz. Warum? Verstohlen beäugte ich andere Gäste, vornehmlich Frauen in meinem Alter. Sie waren zierlich, schienen auf gelassene Weise elegant und souverän. Ich dagegen war monströs und wirkte bestimmt plump.

„Na, meine Schöne, sollen wir uns zu Hause etwas ausruhen?", fragte Hartmut.

„Meine Schöne" ging mir runter wie Öl. Das Mittagessen ließen wir ausfallen. Hartmut guckte im Schlafzimmer im Fernsehen Autorennen. Mit einer Decke zugedeckt legte ich mich auf das Ledersofa im Wohnzimmer und fröstelte vor innerlicher Anspannung. Wie gern wollte ich mich entspannen, aber es gelang mir nicht. Ich kam nicht zur Ruhe und grübelte, so schwer hatte ich mir den Aufenthalt hier nicht vorgestellt. In der Jugend war alles einfacher gewesen, unkomplizierter. Wie konnte ich annehmen, dass es im Alter ähnlich war. Ich freute mich auf Zuhause, auf meine Wohnung, auf meine vertraute Umgebung. Vierundzwanzig Stunden war ich hier und freute mich auf Zuhause. Du bist nicht mehr normal, du benimmst dich wie eine alte verschrobene Tante, ermahnte ich mich, sei mal ein bisschen offener. Was ist denn mit dir los? Ich wusste nicht, was mit mir los war, ich fühlte mich einfach nicht gut.

„Barbara", hörte ich leise und schlug die Augen auf. Im ersten Moment musste ich mich orientieren. Mein Mund war trocken. „Wahrscheinlich war ich müder, als angenommen", sagte ich.

Hartmut hielt mir ein Glas Wasser hin: „Du hast bestimmt Durst nach deinen zwei Stunden Sägearbeiten."

„Pfui", stieß ich aus und lachte, „ich habe geschnarcht. Pfui, wie eklig."

„Geschnarcht ist harmlos ausgedrückt, gesägt", lachte Hartmut und seufzte, „wenigstens muss ich keine Angst mehr haben, dass ich schnarche. Gespannt bin ich, wer von uns den ersten Furz lässt."

Wir lachten beide. Hartmut war angenehm direkt. Nie hätte ich mich getraut, den Begriff Furz zu benutzen. Ich lachte immer wieder und verlor etwas an Verkrampftheit.

Zum Tee öffnete Hartmut die Schiebeelemente des Wohnzimmers vor dem schmalen Balkon, eigentlich nur eine Trageplattform für das Sicherheitsgitter. Seine

Nachbarn, Leute in unserem Alter, genossen auf gleiche Weise die angenehme vorsommerliche Wärme. Hartmut grüßte zu einer Seite, dann zur anderen, berichtete kurz von seiner Zeit in Norddeutschland, stellte mich als seine Freundin vor und jeder Nachbar für sich ließ anklingen, demnächst gemeinsam mit uns Bier trinken zu wollen.

„Nun hast du meine Nachbarn kennengelernt. Wahrscheinlich platzen sie vor Neugier und rätseln, woher ich dich kenne. Naja, irgendwann wird der oder die erste sich erkundigen."

Gegen frühen Abend spazierten wir zum „Englischen Garten". Wir gingen Seite an Seite, unmittelbar an meiner Hüfte spürte ich Hartmuts Humpeln. Zwischendurch musste er sich wegen der großen Anstrengung auf einer Bank ausruhen. Am Eingang des Parks blieben wir an einem großen Teich in der untergehenden Sonne sitzen. Hartmut neckte mich damit, mich glücklicherweise zeitig geweckt zu haben, ansonsten wäre der Englische Garten baumlos. Die Atmosphäre zwischen uns lockerte sich, wir scherzten, lachten und aßen in einem kleinen Biergarten zu Abend. Anstatt Bier tranken wir Wein.

Auf dem Nachhauseweg redeten wir über Auswirkungen von Bier und waren uns einig, dass ein Glas zum Durstlöschen nicht zu verachten war, jedoch alles darüber hinaus zu einer reduzierten Sensibilität im Verhalten führte, man sozusagen stumpf wurde. Wein lobten wir als genüssliches Getränk und weil er angeblich schlau, schön und glücklich machte.

„Und erst einmal der prickelnde Champagner mit seiner besonderen Wirkung", warf Hartmut ein, „gleich lüften wir ein Fläschchen."

Damit war ich einverstanden. Ich hoffte auf eine Gemütsregung durch die ihm angeblich innewohnende befreiende aphrodisierende Eigenschaft, um endlich meine Befangenheit abzuschütteln. Ich sehnte mich nach der vorherigen Vertrautheit, nach Leichtigkeit. Hartmut sprach einen Toast auf uns beide aus und in kürzester Zeit tranken wir unsere Gläser leer, vielmehr wir schütteten den Champagner regelrecht in uns hinein. Nicht allein ich, auch Hartmut war nervös. Höchstwahrscheinlich suchte er ebenso einen Weg zurück in unsere Unbeschwertheit. Ob das zweite Glas des moussierenden Getränks unser Begehren weckte oder welche Umstände den Beitrag leisteten, heute Abend fanden wir zueinander.

Hinterher hielt Hartmut mich im Arm und seufzte: „Meine Liebe, ich glaube, den Krampf des ersten Mals in meinem Bett haben wir einigermaßen gemeistert, oder? Glücklicherweise gibt es kein zweites erstes Mal." Er lachte und ich bestätigte ihn.

26

In der Nacht wachte ich mit Kopfschmerzen auf und mein Ohr rauschte wie ein Gebirgsbach. Was war bloß los mit mir, Kopfschmerzen, Ohrrauschen und darüber hinaus niedergeschlagen? Dabei war es gestern Abend schön gewesen, wir hatten sehr einfühlsam miteinander geschlafen. Warum kam ich nicht aus meiner melancholischen Stimmung heraus? Ich hatte mich auf diese Stadt, auf das Zusammensein mit Hartmut gefreut und jetzt fühlte ich mich deplatziert und betrachtete alles aus großer Distanz. Die Männer lehnte ich als blasierte Stenze ab und die eleganten, zierlichen Frauen empfand ich überheblich.

Wo war meine Neugierde auf das Fremde, meine Begeisterung für das Andere, meine Lebensfreude geblieben? Hartmut zeigte mir deutlich seine Freude über unser Zusammensein. Er machte mir Komplimente, die ich zwar hörte, die mich jedoch kaum berührten. Hier war er einer von ihnen und ich suchte nach Anzeichen, die ich gegen mich interpretierte.

Verlor ich mein Glück mit ihm hier in seinem Zuhause, in dieser Stadt? Ich mochte Hartmut sehr. Mittlerweile hatte er seine Leichtigkeit weitgehend zurückgewonnen. Unbeschwert kochte er für mich Kaffee und Tee, holte für mich Wasser, erledigte gut gelaunt am Schreibtisch die Post, während ich mich mit unwohlem Gefühl auf irgendeine Weise beschäftigte, wohlgemerkt beschäftigte. Dabei hasste ich Beschäftigungen. Heute Morgen las Hartmut in seinen Krankenversicherungsunterlagen und weil ich mir überflüssig vorkam, simulierte ich erforderliche Nagelpflege, wenngleich die Nägel kurz waren. Ja, ich vertrieb die Zeit mit Unnötigem. Was sollte ich anderes tun? In diesem Augenblick erinnerte ich mich an Urlaube in Privatpensionen. Der Gast drang in die Privatsphäre des Gastgebers ein, erreichte jedoch nie den Alltag. Eigentlich stand man als Gast immer dumm herum. Lebten Hartmut und ich hier in einer vergleichbaren Situation? Er lebte Alltag und ich war der Gast, er erledigte Notwendigkeiten und ich stand herum.

Allmählich dämmerte es mir. Mein Problem waren die unterschiedlichen Rollen. Wie konnten wir die Situation verändern? Nicht wir, sondern ich musste handeln. Ich musste meine Bedürfnisse und Ansprüche in Hartmuts Alltag einbringen und unser Zusammensein hier als Leben begreifen und nicht als Ausnahmesituation. Dazu gehörten zuallererst die tägliche Yoga-Morgenstunde und ebenso die Hausarbeit. Versuchen wollte ich es, ansonsten würde ich abreisen.

Nach dem Aufwachen zögerte ich kurz, dann flüsterte ich Hartmut ins Ohr: „Die nächste Stunde ist meine."

Er knurrte vor Wohlgefallen, zog mich an sich heran und bat um zehn Minuten gemeinsamen Wachwerdens. Er schmiegte seinen warmen Körper an meinen und wir lagen wie im Doppelpack. Danach stand ich voller Elan auf, erfrischte mein Gesicht mit kaltem Wasser, zog die Yogahose mit einem T-Shirt an und widmete mich am offenen Fenster im Gästezimmer meinem morgendlichen Yoga. Für die Meditation und Atemübungen setzte ich mich auf einen Stuhl, die Sonnengrüße führte ich in einer Variante im Stehen aus.

Als ich die Küche betrat, ging es mir sehr gut, ich fühlte mich frisch und als ich Hartmut in einer Schlafanzughose und einem viel zu großen Pullover am gedeckten Tisch sitzen sah, durchfuhr mich ein Glücksgefühl.

„Danke für das Frühstück." Ich setzte mich und betrachtete ihn. Die grauen Bartstoppeln, der alte, lappige Pullover, die ungekämmten langen grauen Haare hatten etwas anziehend Verwegenes.

Nach der Morgentoilette räumten wir zusammen die Küche auf. Danach kümmerte Hartmut sich um seine Post und ich schlug das Bett auf und fegte den Parkettboden.

Als er es bemerkte, kam er zu mir und sagte: „Du musst nichts machen, ich habe eine Hilfe, ein Anruf genügt."

„Wenn ich hier bin, dann trage ich auch Verantwortung. Du hast das Frühstück gemacht."

Er fuhr sich durch die Haare, sah mich an und verzog albern seinen Mund: „Natürlich bin ich froh, dass kein Fremder hier umhergeistert. Aber du sollst nicht allein arbeiten, du bist das Kostbarste, was ich habe."

Das Kompliment machte mich verlegen. Ich umarmte Hartmut. Dann fragte ich, ob ich im Gästezimmer Raum für eine Yogamatte schaffen könnte.

„Ja klar, räum so viel, wie du willst. Im Keller ist Platz. Falls ich helfen soll, lass es mich wissen."

In der Zeit, in der Hartmut Termine mit einem Arzt, seiner Bank und einem Notar abstimmte, stellte ich Möbel im Gästezimmer um.

Anschließend gingen wir in dasselbe Café wie gestern. Im Gegensatz zum Vortag redete Hartmut heute mit einigen Gästen. Mich bedachte man mit kopfnickendem Gruß, der eine oder andere betrachtete mich genauestens. Ich ließ mich nicht einschüchtern, sondern sah mir die Betrachter ebenfalls genau an, die älteren Herren in Freizeitkleidung, sprich legere Hose, Polohemd, lockeres Sakko und Mokassin. Socken trugen sie in Pastellfarben oder keine. Werner ging nie ohne Socken und selbst in Birkenstocksandalen trug er sie, meist hellgraue, feingerippt. In München eine auffällige Kombination, musste ich innerlich lachen.

„Heute sind alle Gäste hier, die man am Sonntag nie trifft, weil es ihnen zu voll ist", erklärte Hartmut, als wir draußen an einem freien Tisch Platz nahmen. Wir bestellten Cappuccino, lasen Zeitung und zwischendurch beobachtete ich Passanten. Sie redeten nicht laut, sie bewegten sich nicht geschäftig, nein, sie schienen zu flanieren. Alles in allem wohnte der Szenerie eine Ruhe und Harmonie inne, die mich an Laos erinnerten.

Auf dem Nachhauseweg trennte ich mich von Hartmut, um mir unweit des Viertels in einem Kaufhaus eine Yogamatte zu kaufen, was mir problemlos gelang. Stolz kam ich zurück, legte sie auf den Boden und war glücklich über meinen wunderbaren kleinen Platz in München.

„Sehr schön, durch die orangene Matte lebt das Zimmer", fand Hartmut.

Wir aßen Joghurt mit Müsli und Obst. Danach legte Hartmut sich zur Mittagsruhe ins Bett und ich mich auf das Sofa. Mir gingen weitere mögliche Veränderungen im Gästezimmer durch den Kopf. Das Bett konnte mit einem Überwurf und vielen Kissen leicht zur Liege umgestaltet und damit für mich ein wunderbarer Platz zum Ausruhen und Lesen werden. Voller Tatendrang stand ich auf und realisierte meine Idee. Die dünne Steppdecke konnte unter einer Tagesdecke liegen bleiben, das Kopfkissen stopfte ich oben in den Kleiderschrank. So gefiel mir der Raum und ich nahm mir vor, am selben Nachmittag eine Decke zu kaufen. Das Bild sprach mich besonders an, es schien eine Art Jungbrunnen in Asien darzustellen. Lange ließ ich den Raum auf mich wirken und stellte mir vor, wie ich mich zukünftig hier ausruhte. Warum nicht jetzt, überlegte ich und zog die Schuhe aus, stellte mir auf dem Smartphone eine Tiefenentspannungsanleitung an und gab mich voll und ganz hin. Hinterher bedankte ich mich, dass es mir wieder gut ging.

Als Hartmut zum Tee aufstand, präsentierte ich ihm meine weitere Räumaktion und er war begeistert.

„Das Bild passt mehr als hervorragend", meinte er und erklärte, es vor Jahren auf einem Markt in Indien erstanden zu haben.

Dass ich das Kissen in den Schrank gestopft hatte, fand Hartmut in Ordnung. Er betonte noch einmal, ich sollte es mir so einrichten, wie ich es mochte. Dann sprach ich von meinem Plan, möglichst heute Nachmittag die fehlende Decke kaufen zu wollen.

„Bevor du gehst, kannst du gern in meinen indischen Decken stöbern. Sie liegen im Wandschrank, nagelneu, es waren Geschenke, benutzt habe ich sie nie."

Derart schöne Seidendecken hatte ich bisher nicht gesehen, ein Schatz. Mir fiel die Entscheidung schwer, jede einzelne war wunderschön in den Farben und Motiven. Eine dunkelrote wählte ich als Überwurf, eine orangene zum Zudecken. „Mit den herrlichen Decken ist der Raum noch schöner und die Krönung ist die Morgensonne", seufzte ich zufrieden.

Nach dem Tee zeigte Hartmut mir einen weiteren Teil des Viertels und lud mich zum Essen in ein Lokal ein. Erschöpft kamen wir am Abend zurück. Ich erwähnte die Müdigkeit meiner Beine. Hartmut sagte erst nichts, nach einer Weile bekannte er starke Hüftschmerzen, die er mit Tabletten bekämpfte. In der Nacht stand er auf, um eine weitere Schmerztablette zu nehmen.

27

Am nächsten Morgen schlug ich einen Ruhetag in der Wohnung vor, mit Ausnahme des Besuchs im nahen Café. Am Abend würde ich kochen, um nicht ausgehen zu müssen.

„Du gehst doch gern aus", sah Hartmut mich skeptisch an, zwischen den Augenbrauen lag die kleine Falte.

„Nein, nicht jeden Abend. Lass uns heute einen Hausabend machen."

Er lächelte: „Ich möchte sicher sein, dass es dein Wunsch ist und du dich nicht wegen meiner Hüfte zurückhältst."

Ich verneinte, um keine Schuldgefühle bei ihm aufkommen zu lassen.

Dass Hartmut dringend Ruhe bedurfte, war nicht zu übersehen. Wahrscheinlich bestimmte ihn im tiefsten Innern die Sache mit seinem Sohn und darüber hinaus forderten ihn körperlich unsere gemeinsamen Spaziergänge.

Trotz alledem wurde es von Stunde zu Stunde schöner mit uns. Es waren Kleinigkeiten, die mich rührten. Wenn er mir ein Kissen unter den Kopf schob oder mitten in der Nacht meine Hand suchte. Hartmut war sehr zärtlich.

Nach dem Mittagsschlaf ging ich für unseren Hausabend einkaufen. Die überschaubare Gegend in Schwabing gefiel mir ausgesprochen gut. Sie bot alles, einen großen Supermarkt neben kleinen Geschäften und extravaganten Angeboten. In einem Bioladen kaufte ich Zutaten für Pasta, in einem Teeladen kaufte ich Tee, in einer Konditorei Pralinen, in einem Blumengeschäft Margeriten und eine dicke Kerze.

Mit vollen Taschen setzte ich mich in den Außenbereich eines kleinen Lokals. Gegenüber befand sich ein Platz mit zwei großen alten Bäumen. Unterschiedliche

Gedanken gingen mir durch den Kopf. Hatte Brigitte ihren Befund erhalten? Hoffentlich war alles in Ordnung. Sollte ich sie anrufen? Ich traute mich nicht, sie hatte sich Ruhe ausgebeten. Ich konnte sie nach meiner Rückkehr anrufen. Konnte, wohlgemerkt, nicht sollte. So war es eben. Imke wollte ich nicht anrufen, dafür gab es keinen Grund.

Ich war erst den vierten Tag in München und hatte das Gefühl schon lange hier zu sein, es war viel geschehen. Hartmut und ich lernten uns von Stunde zu Stunde besser kennen. Wir waren glücklich. Wäre Brigitte nicht so ablehnend gewesen, hätten wir trotz ihrer sexuellen Probleme eine wunderbare Freundschaft leben können. Brigitte brauchte einen Mann, einen ohne körperliches Interesse, einen Mann wie Werner. Konnte man in einer Partnerschaftsanzeige angeben, Interesse an Spazier-gängen zu haben, aber nicht an Sexualität? Mach dir keine Sorgen um Brigitte, ermahnte ich mich, sie wird ihren Weg gehen.

Auf dem gegenüberliegenden Platz entdeckte ich hinter einem der Bäume die alte Fassade eines Sanitäts-geschäftes. Im Fenster hing ein Plakat - Details erkannte ich nicht – aber den Slogan „Der elegante Gehstock – eine Erleichterung im Leben".

Die Lösung für Hartmut! Ein Gehstock würde ihn entlasten. Warum benutzte er keinen? War er zu eitel für einen Stock, wie ich für eine Brille? Auf dem Rückweg sah ich mir die angebotenen Gehstöcke im Fenster an und war begeistert von deren Eleganz. Sollte ich Hartmut einen als Geschenk mitbringen? Lieber nicht, möglicherweise kränkte es ihn. Roland hätte ich auf der Stelle einen gekauft und ihn aufgefordert, sich nicht anzustellen und den Stock zu benutzen. Darin bestand der Unterschied, Roland und ich waren unbeschwerter miteinander umgegangen. Bestimmt würden Hartmut und ich auf Dauer auch freier werden.

Hartmut erwartete mich, nahm mir die Einkaufstasche ab, freute sich über die Margeriten und die Kerze. „Du machst es uns richtig schön. Ich habe ein schlechtes Gewissen, weil ich dich mit meinen Schmerzen konfrontiert habe."

„Das musst du nicht. Ausgehen ist schön, manchmal ist es zu Hause schöner."

Auf Hartmuts Frage, ob ich alles bekommen hatte, lobte ich das Viertel, zögerte allerdings, Hartmut von dem Geschäft mit den Gehstöcken zu berichten. Ich wusste nicht, wie ich beginnen sollte. Dann nahm ich allen Mut zusammen und sagte: „Ich hätte dir beinahe ein Geschenk mitgebracht, aber ich war mir unsicher, ob du es schön finden würdest."

„Wie war das mit Geschenken? Du willst keine Geschenke, dann möchte ich auch keine. Was war es denn?"

„Etwas Praktisches zur Erleichterung, ich würde es gut für dich finden."

„Nun bin ich gespannt, los, lüfte das Geheimnis!"

Obwohl ich lachte, fragte ich mich, ob ich zu weit ging. Wir kannten uns noch nicht lange und so ein Stock war eine heikle Angelegenheit. „Ich verrate es dir. Mir ist ein wunderschöner Gehstock ins Auge gesprungen, der dich auf Spaziergängen entlasten könnte."

„Mmmmh, tolles Geschenk", verzog Hartmut gespielt entsetzt seinen Mund. „Was schenkt man einem alten Mann mit einem steifen Bein? Ha, natürlich einen Gehstock, Rollator kommt später." Er schob die Unterlippe vor und pustete Luft unter seinen Pony. Ich liebte diesen Mann. Er hob die Schultern: „Ganz ehrlich, ein Stock ist mir unangenehm, er macht mich noch älter und gebrechlich."

„Ach, das ist nicht wahr. Ein Stock ist souverän und ein besonderer Stock macht einen Mann interessant. Denk an die Dandys, sie waren jung und trugen einen Stock."

„Ja, ja, wenn man keinen gebraucht, dann ist es einfach, einen zu tragen. Ich als alter Mann mit steifem Bein benötige ihn zum Gehen. Mit einem Stock bin ich endgültig der gebrechliche Alte neben dir. Guckt euch die fesche Frau mit dem Alten am Stock an." Hartmut zog eine Grimasse.

„Ich glaube, die Leute würden eher meinen: Guckt euch diesen eleganten, interessanten Mann neben der fleischigen Matrone an." Ich erschrak, das erste Mal hatte ich es ausgesprochen. Matrone dröhnte in mir nach. Beschämt lachte ich und spürte deutlich meine Verlegenheit, meinen heißen Kopf.

„Von einer dicken Matrone bist du bedauerlicherweise weit entfernt. Ich wünschte, du wärst eine. Schon der Gedanke an deinen weichen Körper erregt mich", warf Hartmut einen kurzen Blick auf seinen Hosenschlitz und strahlte mit glänzenden Augen, „aber wir haben Wichtigeres vor, wir müssen für mich einen Handstock kaufen."

Augenblicklich erwachte auch in mir großes Verlangen nach ihm und ich wäre sofort mit ihm ins Bett gegangen, das Abendessen hätte warten können, aber der Kauf des Gehstocks musste sofort erfolgen.

„Sich beim Gehen abzuquälen, halte ich für falschen Stolz. Ein Gehstock schafft Erleichterung", wurde ich nüchterner. Bewusst wählte ich den Begriff Gehstock. Er klang sanfter, harmloser im Gegensatz zu Handstock oder womöglich Gehhilfe.

„Dann kaufen wir sofort einen, ich will keine Nacht darüber schlafen müssen", entschied Hartmut und griff nach seiner Jacke.

Auf dem Weg zum Sanitätsgeschäft sammelten wir die Vorteile eines Gehstocks und theoretisch waren wir soweit, dass jeder Schritt ohne undenkbar war. Mit lauter Stimme wurden wir begrüßt und nach unseren Wünschen gefragt.

„Ich möchte mir Ihre Gehstöcke ansehen", antwortete Hartmut laut.

„Gern", reagierte die Verkäuferin in vorheriger Lautstärke, „soll es ein Faltstock oder ein Stützschirm, ein Wanderstock oder ein edler Gehstock mit Knauf sein?"

„Von einer versteckten Stütze halte ich nichts, ich möchte eine, die man als solche erkennt, also einen offensichtlichen Gehstock", entgegnete Hartmut ebenso ungewöhnlich laut.

„Ich nehme erst Maß. Wo liegen Ihre Beschwerden", fragte die Verkäuferin noch lauter als zuvor und ging zu einem Ständer, an dem die verschiedenen Stöcke aufgereiht waren.

„Linkes Bein und linke Hüfte", antwortete Hartmut fast schreiend.

Ich fragte, warum er derart laut rede. Mit wohlwollendem Gesichtsausdruck flüsterte er hörbar: „Die junge Dame spricht sehr laut, vermutlich hört sie schlecht." Die Verkäuferin bekam einen roten Kopf und von dem Zeitpunkt an verlief das Verkaufsgespräch in normaler Tonlage. Eine geschickte Reaktion, stellte ich fest. Begleitet von ironischen Kommentaren betrachtete Hartmut einzelne Modelle und entschied sich für einen besonderen Gehstock aus Makassar-Ebenholz mit einem Derbygriff aus Silber.

Dass der Gehstock für ihn eine Überwindung bedeutete, zeigte sich an seiner Albernheit, ihn wie Charlie Chaplin betont locker zu schwingen. Ich lachte darüber und bemerkte, wie er zwischendurch die Hand bewusst auf den Knauf platzierte, um ihn als Stütze zu benutzen.

28

Morgens beobachtete ich Hartmut vor dem Spiegel den Gehstock auf verschiedene Weise handhaben. Später, als wir gemeinsam zum Neurologen aufbrachen, griff er nach dem Stock und scherzte: „Komm her du elegante Krücke." Danach verdrehte er die Augen und verzog seinen Mund. Unterwegs benutzte er den Stock bei jedem Schritt. In der Praxis nahm er ihn mit zu seinem Platz und stützte beide Hände auf dem Knauf ab.

Wollte Hartmut mich provozieren oder war es die Gewöhnungsphase? Ich erinnerte mich an meinen Vater, der seinen Stock anfänglich skeptisch beäugt hatte, ihn nach einigen Tagen stets griffbereit hielt und im hohen Alter stolz auf seinen Stock gewesen war, weil er im Gegensatz zu seinen Altersgenossen keinen Rollator benötigte.

Im Wartezimmer befanden sich viel Patienten, einige wurden zum Blutabnehmen gerufen, andere erhielten eine tägliche Medikation.

Auffallend war das Bemühen einiger Frauen von männlichen Patienten, ihre Männer für eine reibungslose Behandlung bereitzuhalten. Wortlos, manchmal zischend, manchmal seufzend, schoben sie sie hin und her, erteilten Anweisung zum Stehen, zogen ihnen Jacken oder Mäntel aus, bevor sie sie zu einem Platz kommandierten. Es brach mir das Herz. Am liebsten hätte ich gebrüllt, als eine ältere Frau den Mann am Zeitungsständer abstellte und herrisch befahl: „Stehenbleiben, ich komme sofort." Tatsächlich verharrte der Mann stocksteif bis seine Frau ihn wie ein müdes Pferd ungeduldig zu einem Stuhl führte: „So, setz dich und bleib ruhig, es passiert nichts."

Hartmut beobachtete das Paar ebenfalls und sah mich wortlos an, nahm seine linke Hand vom Knauf und drückte meine rechte.

Kurze Zeit später wurde er von einer Helferin zur Untersuchung gebeten und ich gefragt, ob ich dabei sein wollte, Ehefrauen könnten sehr gut zum Krankenbild beitragen. „Danke, ich bleibe hier", lehnte ich ab und flüsterte Hartmut zu, „du brauchst kein Krankenbild, du brauchst ein Gesundheitsbild." Wir lächelten uns an. Im Weggehen drückte er meine Schulter und stöhnte leise. Es ging mir durch und durch. Nachdenklich faltete ich die Hände im Schoß und erschrak, als meine Daumen sich umeinander zu drehen begannen, ohne dass ich es beabsichtigte. Bloß nicht Daumendrehen, löste ich die Hände. Meine Eltern hatten Daumen gedreht, manchmal sehr heftig, als erledigten sie eine Routinearbeit.

Was geschah, falls Hartmut erste Anzeichen von Demenz aufwies? Gehörte dieserart Krankheit auch zu den Zeichen des Alters, zu den Wehwehchen? Es würde unsere Beziehung verändern. Würde Hartmuts weiteres Leben von seinem Sohn bestimmt werden? Ich stellte mir vor, wie ich ihn anrief und ihm seinen dementen Vater zur weiteren Verfügung übergab. Grausam. Hartmut seinem Sohn überlassen, könnte ich nicht übers Herz bringen. Dafür war es zu spät. Mir fiel Brigittes Warnung ein, mir einen Klotz ans Bein zu binden. Klotz, dachte ich, Hartmut war kein Klotz für mich. Einen alten oder kranken Menschen als Klotz zu bezeichnen war herabwürdigend. Hier saßen Frauen und Männer mit ihren lästigen Klötzen am Bein, die sie einstmals geliebt hatten.

Nach ungefähr einer Stunde kam Hartmut aus dem Behandlungszimmer und flüsterte mir zu: „Keine Anzeichen von Demenz." Erleichtert schilderte er draußen den gesamten Umfang der Untersuchung und gestand, vorher mehr als ängstlich gewesen zu sein.

29

Heute war mein sechster Tag in München, die Sonne schien, es war mild, Hartmut fuhr mit dem Taxi zu seinem Banktermin und ich ging durch die Straßen Richtung Türkenstraße, wo wir uns mittags treffen wollten. Unterwegs begutachtete ich in den Schaufenstern Kleidung und Schuhe, Brillen und Schmuck. Vor dem Fenster eines Frisiersalons blieb ich stehen. Ein geschickt aufgestellter Spiegel neben Fotos gut frisierter Frauen integrierte mich in die Auslage. Ich erschrak, wie sah ich aus? Schon wieder war mein grauer Haaransatz deutlich sichtbar. Zögerlich peilte ich in den Salon, junge Friseurinnen und Friseure arbeiteten, Föhne rauschten. War der Salon zu jung für mein Alter, fragte ich mich, doch irgendetwas zog mich an und half die Hemmschwelle zu überwinden.

„Was kann ich für Sie tun?", kam ein freundlicher junger Mann mit exakt rasierten dunklen Augenbrauen und langen, kantigen, schmalen Koteletten auf mich zu. Dieser gepflegten Person gegenüber war mir mein grauer Ansatz fast unangenehm. Einen freien Termin für heute Nachmittag gab es nicht. Allerdings bot er mir an, unmittelbar das auffallende Grau am Ansatz fürs erste ein wenig zu bearbeiten, damit ich über die Runden kam. „Ich wasche die Haare, massiere Farbschaum ein, spüle es wieder aus, anschließend trockne ich die Haare und dann kommen Sie am Dienstag für eine ganze Behandlung."

„Ja, gern", freute ich mich. Der Begriff Behandlung amüsierte mich und ich fragte, „schaffen Sie den Noteingriff in einer halben Stunde, ich werde erwartet."

„Ich beeile mich, in dreißig Minuten sind Sie garantiert fertig und können sich guten Gewissens sehen lassen."

Ein Friseur gab Garantien für eine Behandlung, schmunzelte ich in mich hinein, wobei ein Arzt immer nur das Beste tat. Erwartungsvoll saß ich auf dem Frisierstuhl und beobachtete den bayerischen Figaro mit seinen flinken Fingern, wie er meine Frisur und die Farbe richtete. „A Wahnsinn, a Wahnsinn, des Hoar", rief er einige Male hörbar. Ob er mir schmeicheln wollte oder ehrlich war, konnte ich nicht deuten.

Als ich den Salon verließ, warf ich noch einmal einen Blick in das Fenster und fand, mich kaum noch von den schönen Frauen zu unterscheiden.

„Du siehst anders aus. Was hast du gemacht?", sagte Hartmut sofort.

„Man tut, was man kann", neckte ich und ging mit den Fingern durch die Haare, drehte den Kopf nach links und rechts und berichtete von dem spontanen Friseurbesuch bei dem freundlichen Haarstylisten.

„Es sieht sehr gut aus", betrachtete er mich.

Vermutlich hatte ihm mein grauer Ansatz schon länger missfallen und aus Höflichkeit nicht darauf aufmerksam gemacht. Harmut legte sehr großen Wert auf seine Haare, ebenso auf gute Kleidung, allerdings gebügelt und gefaltet mochte er sie nicht.

Nachdem wir bestellt hatten, bedauerte Hartmut, aus seinem morgendlichen Erlebnisfeld nichts anderes als verstockte Bankangestellte einbringen zu können und klopfte auf die Aktenmappe neben dem Stuhl. Mit vorgeschobenem Unterkiefer pustete er Atemluft über sein Gesicht, wenigstens hatte er einen Überblick über die finanzielle Situation gewonnen und äußerte mit heiterem Gesichtsausdruck: „Eine richtig gute Partie bin ich nicht, am Hungertuch nage ich auch nicht."

Dass Hartmut entgegen meiner Mutmaßung kein vermögender Mann war, erleichterte mich. Im Grunde genommen war mir sein finanzieller Status gleichgültig, ich hielt ihn für einen verantwortungsvollen Menschen, der mit seinem Einkommen vernünftig umging. Ich fragte mich, worauf es der vermögende Sohn abgesehen hatte.

Nach dem Mittagsimbiss trennten sich unsere Wege wieder, Hartmut fuhr zum Notar und ich ging in das Museum Brandhorst. Ich ließ mich durch die Sammlung treiben bis mir im Obergeschoss sechs großformatige stark abstrahierte Malereien mit je vier Rosenblüten des Malers Cy Twombly beinahe den Atem verschlugen. Mein Herz begann laut zu klopfen. Die Blüten von Weiß und Zitronengelb bis Violett spiegelten für mich das Leben eines Menschen in sechs Stationen von der Geburt bis zum Tod. Ob ich im Sinne Twomblys interpretierte, war mir gleichgültig. Für mich lag dieser Zusammenhang auf der Hand. Das Leben begann mit der weißen Rose für Unschuld und Reinheit und endete in der violetten Rose für Tod. Ich setzte mich auf eine Bank, betrachtete jede einzelne Blüte und begann zu rechnen. Sofern ich das gewünschte Alter von fünfundachtzig Jahren erreichen sollte, befand ich mich in dem vorletzten Stadium.

Eine ganze Weile ließ ich den Zyklus „roses" auf mich wirken. Einerseits vermittelten die Rosen ein erhabenes Glück, andererseits wurde ich bei dem Gedanken an die Endlichkeit traurig.

Als ich gegen Abend die Wohnung betrat, war Hartmut nicht zurück. Sofort machte ich mir Sorgen. Hoffentlich war ihm nichts passiert. Würde ich es überhaupt erfahren? Wahrscheinlich informierte man seinen Sohn. Nervös nahm ich mein Handy. Er hatte keine Nachricht hinterlassen oder mich zu erreichen versucht. Als ich Hartmuts Nummer eintippte, wurde ein Schlüssel von außen in die Wohnungstür gesteckt.

„Wo warst du so lange?", fragte ich gleich und erschrak über meinen vorwurfsvollen Ton.

„Ich habe meinen Gehstock ausgeführt", antwortete Hartmut augenzwinkernd. „Nein, natürlich nicht. Beim Notar hat es sehr lange gedauert. Hinterher musste ich Kaffee trinken, um einen klaren Kopf zu bekommen."

Die Frage, warum er nicht angerufen hatte, behielt ich im letzten Augenblick für mich, er war mir keine Rechenschaft über seine Zeit schuldig.

Hartmut sah abgespannt aus. Er gab mir einen Kuss, nahm mich an die Hand und platzierte mich in eine Ecke des Sofas. Dann hob er meine Beine an und legte eine Decke über mich. „Lass uns die versäumte Mittagsruhe nachholen." Er setzte sich in die andere Ecke des Sofas, legte ebenfalls die Beine hoch und seufzte vor Behaglichkeit.

„Herrlich, ich bin erschöpft. Lass uns am Abend zum Italiener gehen. Dort werde ich dir von meinem Besuch beim Notar berichten, einen Tisch habe ich bestellt."

Die Idee mit dem Italiener gefiel mir, allerdings wollte ich heute die Rechnung bezahlen. Nicht zuletzt, weil Hartmut mittags erklärt hatte, kein reicher Mann zu sein.

„Heute darfst du auf keinen Fall bezahlen", lehnte er gespielt streng ab und alberte in Rätseln, bis ich einwilligte und mir für den nächsten Tag die Option zum Bezahlen sicherte. Wir dösten und neckten uns, Hartmut hielt meine Füße in den Händen und ich seine. Ein unbeschreiblicher Glücksmoment.

Ich schwärmte von dem Zyklus „roses" und schilderte meine Interpretation aufgrund der unterschiedlichen Farben und deren Symbolgehalte. In diesem Moment wurde mir bewusst, dass ich die Bilder gegen den Uhrzeigersinn betrachtet hatte. Trotzdem blieb ich bei meiner Einschätzung.

30

Am Abend saßen wir in der Pizzeria und nachdem wir unsere Getränke erhalten hatten, gab Hartmut sich auffallend förmlich. „Auf unsere Zukunft", hob er das Glas. Seine Hand zitterte, seine Augen waren unruhig, er lachte ohne zu lachen, er sah fad und blass aus. Eine Erscheinung, die sich wiederholt bei Gesprächen über seinen Sohn einstellte.

„Danke", hob ich das Glas und fragte mich, was geschehen war. War die Enterbung eines leiblichen Kindes nicht möglich? Endete die Geschichte vielleicht nie? Ein Kind blieb ewig ein Kind, hörte ich von Müttern, oder Blut war dicker als Wasser. Was für Auswirkungen hatte es auf uns? Gegen Hartmuts Sohn würde ich nicht agieren. Sollte ich in dieser zerrütteten Beziehung eine Aufgabe übernehmen, dann die Vermittlung zwischen Vater und Sohn.

„Mir liegt etwas auf der Seele, was ich mit dir besprechen möchte." Hartmut legte seine Unterarme auf den Tisch und rieb nervös die Hände. Er fasste das Gespräch mit dem Notar zusammen. „Bevor man ein leibliches Kind enterben kann, muss einiges passieren.

Mit den Kopien der Faxe wird die Pflichtteils-unwürdigkeit meines Sohnes geprüft, aber der Anwalt sieht wenig Chancen. Fünfzigtausend Euro Barvermögen kann ich ausgeben, nur die Wohnung ist das Problem. Mittlerweile soll sie wenigstens sechshunderttausend, eher siebenhundertfünfzigtausend Euro wert sein. Mir ist fast übel geworden, als ich es hörte. Siebenhundert-fünfzigtausend Euro, mein Gott, wir haben sie damals für zweihundertfünfzigtausend Mark gekauft."

An dieser Stelle beantwortete sich meine Frage von vorhin, der Sohn wollte die Immobilie. Siebenhundert-fünfzigtausend Euro war ein anständiges Erbe. Der Betrag schien Hartmut nervös zu machen, er tippte unaufhörlich mit dem rechten Zeigefinger auf die Nasenspitze. Dann nahm er das Weinglas in die Hand, drehte es und stellte es wieder ab und fuhr sich stöhnend über das Gesicht. Nun entdeckte ich die kleine Falte, die in außerge-wöhnlichen Situationen erschien.

„Erzähl, was hat der Fuchs von Notar geraten."

Hartmut hielt seinen rechten Zeigefinger in die Höhe und sprach mit brüchiger Stimme: „Ich zitiere: Wenn Ihr einziger Wunsch darin besteht, dass Ihr Sohn nach Ihrem Tod so wenig wie möglich erben soll, es Ihnen ansonsten gleichgültig ist, was mit dem Vermögen geschieht und Sie eine Lebenspartnerin haben, dann heiraten Sie sie, übertragen Sie ihr die Wohnung und lassen sich für Sie selbst ein lebenslanges Wohnrecht auf die gesamte Fläche eintragen. Das halte ich für die beste

Möglichkeit." Abwartend hielt Hartmut den Blick auf mich gerichtet.

Heiraten, stutzte ich, unglaublich, heiraten. Nein. Ich würde nicht heiraten. Spöttisch schüttelte ich den Kopf.

„Der Notar ist gut, er weiß nicht wie lange wir uns kennen." Ich nahm mein Glas, trank einen großen Schluck und stellte es geräuschvoll auf den Tisch zurück.

„Er weiß es und hält es angesichts meines Problems für die beste Lösung."

„Nein, Hartmut, nein, das ist ein schlechter Rat", wehrte ich heftiger ab.

„Barbara, ich vertraue ihm, er hat mich damals bei der Scheidung vertreten und durch Victors Krankenkassengeschichten lernte ich ihn näher kennen."

„Wir sollen also heiraten", zog ich den Rat des Notars ins Lächerliche. „Vielleicht bin ich eine Heirats-schwindlerin und dein Vermögen wäre weg." Ernst fuhr ich fort: „Der Notar ist verrückt. Wir kennen uns kaum. Und dein Geld möchte ich nicht."

„Geld würdest du nicht bekommen", klärte Hartmut mich in ruhigem Ton auf, „du würdest Eigentümerin einer Wohnung werden, die mir ein lebenslanges Wohn-recht auf die gesamte Fläche garantiert."

Hartmut sah keine Probleme in der Übertragung. Schade sei nur, wenn er innerhalb der zehnjährigen Laufzeit des Pflichtteilsergänzungsanspruches seines Sohnes sterben sollte, da dieser sich jährlich um zehn Prozent verringerte. Nach zehn Jahren hatte der Sohn nur noch ein Recht auf sein Pflichterbanteil.

„Also im Falle unserer Heirat, bitte nicht vor Ablauf der zehn Jahre die Kabel abziehen lassen", schmunzelte Hartmut, „denn ich will, dass Erik so gut wie nichts bekommt. Allerdings will ich dich nicht drängen und auf keinen Fall als Bittsteller auftreten. Du würdest kein Risiko eingehen. Mit einer Heirat würdest du mich vor der Bedrohung durch meinen Sohn schützen und nicht nur, was das Erbe angeht."

„Du verrennst dich", warnte ich, „ich halte es für besser, deinen Sohn mit deinem Fund zu konfrontieren und ein offenes Gespräch zu suchen."

„Nein", entschied Hartmut.

„Gut", seufzte ich und schwieg. Ich fühlte mich hilflos und wünschte nicht vor einer derartigen Entscheidung zu stehen. Gegenargumente besaß ich keine, lediglich mein ungutes Gefühl. Nach fünf Wochen Zusammenseins konnte man unmöglich heiraten, sich binden. „Die Verantwortung für dein Vermögen macht mir Angst. Was ist, wenn es schiefgeht und sich womöglich meine Schwester die Hände reibt und dich nach meinem Tod wegen Eigennutz hinausklagt?"

„Sollten wir heiraten, ist deine Schwester nicht gesetzlich erbberechtigt. Aller Wahrscheinlichkeit nach wirst du länger leben als ich, der andere Fall müsste im Ehevertrag berücksichtigt werden. Wir würden eine Institution benennen, die uns beerbt und die sich gegebenenfalls um uns, um dich, um mich kümmert. Es gibt laut Notar mehrere Möglichkeiten." Hartmuts Nervosität war mittlerweile gänzlich verschwunden.

„Bei allem setze ich voraus, dass du mit mir zusammen sein willst."

Mit ihm zusammen sein wollte ich mehr als alles andere, ich scheute vor der Verantwortung zurück, vor der verpflichtenden Bindung. Ich erinnerte mich an Brigittes Warnung, mich irgendwann um einen alten, kranken Mann, um einen Pflegefall kümmern zu müssen, mir einen Klotz ans Bein zu binden. Wie abscheulich diese Gedanken. Auch ohne Ehe übernahm ich Verantwortung.

„Hartmut, du weißt, dass ich sehr gern mit dir zusammen bin, aber dein Sohn hat Vorrang."

„Nein", entschied Hartmut. „Du kannst es dir überlegen. Für dich besteht kein Risiko, wenn du mich irgendwann nicht mehr magst, trennen wir uns. Ich kann in der Wohnung bleiben und von meiner Rente leben. Wenn ich sterbe, hast du ein Erbe, das du verleben kannst oder wenn es dir lieber ist, setzen wir einen Ehevertrag auf, in dem wir eine erbende Institution benennen."

Ich kam mir albern vor. Wozu sollte ich es mir überlegen? Wollte ich das Für und Wider kalkulieren, berechnen, ob ich Gewinn einstrich oder Verlust drohte. Was wollte ich? Meine Ruhe haben? Genau die wollte ich nicht haben, ich wollte mitten im Leben stehen und wo mir das Leben eine Entscheidung abverlangte, wollte ich lieber Ruhe? Für Hartmut hatte sich dieses Problem zufällig ergeben und er bedurfte Hilfe. Sollte ich ihn damit allein lassen und falls er eine Lösung fand, mich wieder zu ihm gesellen? Was würde ich in einer solchen

Situation erwarten? Auf jeden Fall Beistand. Was war in unserem Alter gegen eine Eheschließung aus rationalen Erwägungen einzuwenden? Selbst Werner hatte nach einem halben Jahr Freundschaft und einer gemeinsamen Nacht eine Ehe in Betracht gezogen, eine aus moralischen Gründen.

Hartmut blinzelte mich an, zuckte mit den Schultern und zog einen Schmollmund: „Zugegeben, ein bisschen hat mir der Notar aus dem Herzen gesprochen und ich wünschte, ich hätte dir einen romantischen Antrag gemacht."

„Danke", sagte ich verlegen.

Er nahm meine Hand: „Ich möchte mit dir lange das Leben erleben und mir nicht von meinem Sohn nach dem Leben trachten lassen und daher halte ich es für wichtig, das Risiko von vornherein zu begrenzen."

Erneut kam er auf die unfassbare Gier des Sohnes zurück, der auf das Geld der Großeltern Anspruch erhob, ohne die Umstände zu kennen. Als Kleinkind hatte er sie vielleicht dreimal gesehen. Der Vater von Hartmut war einerseits ein anerkannter Chirurg gewesen, andererseits ein Mann mit teuren Freundinnen, Sportwagen, Tennis, Golf, Sylt-Wochenenden, Skiurlauben in Kitzbühel oder Klosters. „Er war ein arroganter vergnügungssüchtiger Lebemann", stöhnte Hartmut angewidert und berichtete weiter, dass seine Mutter mit fünfundfünfzig Jahren an Frühdemenz erkrankt war und neunzehn Jahre zu Hause bis zum Tod gepflegt wurde. Der Vater hatte Hartmut ein Haus mit einer Hypothek und zwei Autokrediten hinterlassen, sodass nach dem Verkauf des Hauses abzüglich Beerdigungskosten so gut wie nichts übriggeblieben war.

„Und mein Cousin besaß kein Geld. Die Wohnung konnte er sich schwerlich mit mir zusammen leisten. Davon abgesehen, kannte mein Sohn ihn nicht einmal. Eine derartige Geldgier ist mir unbegreiflich."

Gedankenversunken machten wir uns bald auf den Heimweg. Wer sollte meine Wohnung erben? Imke? Warum? Rolands Eltern hatten das Geld für die Wohnung gespart, ihre Lebenskraft eingesetzt. Und aufgrund des Verwandtschaftsverhältnisses sollte meine Schwester davon partizipieren? Sie hatte Rolands Eltern nicht gekannt und ich war ihr nahezu gleichgültig. Vielleicht sollte ich nach meinem Tod, ähnlich wie Hartmut, die Wohnung einer gemeinnützigen Initiative zukommen lassen oder jemanden, der mich im Alter begleitete.

Nach den ersten zweihundert Metern unseres Fußweges sprachen Hartmut und ich über empfundene Verantwortung, die im Falle einer Krankheit gegenüber offiziellen Stellen problematisch war. Die innere Stimme musste schriftlich mit einem notariellen Siegel versehen werden. Unser Gespräch entwickelte sich zu einer schrecklichen Vision des hoffentlich fernen Zeitpunktes, möglicherweise auf Pflege angewiesen zu sein. Wechselseitig offenbarten Hartmut und ich unsere Furcht, weil wir, familienlos, auf Institutionen angewiesen sein würden. Im Grunde genommen hatten wir nur uns. Ein seltsamer Moment, eine einzigartige

Stimmung, als ob die Erde uns zu verschlucken drohte. Ich begann innerlich zu schlottern und hätte mich am liebsten an Hartmut festgekrallt, damit keiner von uns allein den Weg gehen musste, der auf uns zukommen konnte.

Hartmut blieb stehen, sah mir in die Augen und sprach aus, was ich fühlte: „Sobald man zu zweit ist, packt einen die Furcht, wieder allein und ausgeliefert zu sein. Ich hoffe, du bleibst lange mit mir zusammen und wirfst ein Auge auf mich. Ich werde auf dich aufpassen."

Wir nahmen uns in die Arme, dann löste ich mich von Hartmut und sah ihn an: „In diesem ganzen Szenario sollten wir nicht jammern, bedauerlicherweise nur uns zu haben, vielmehr sollten wir betonen, glücklicherweise uns zu haben."

„Ja", lächelte Hartmut und meinte, dass er in einen Sog der Vorsicht, Vorkehrungen und Eventualitäten geraten war, der die Gegenwart verdüsterte und die Lebensgeister unterdrückte.

In der Tat, wir hatten nicht gemerkt, wie sehr uns die Situation gefangen nahm.

„Lass uns noch in ein Lokal gehen", schlug Hartmut vor, „wir bewegen uns im Moment ausschließlich zwischen Ärzten, Banken, Notaren und kriechen in der Wohnung herum."

Der Vorschlag kam mir entgegen und wir gingen in das nächst gelegene Lokal, setzten uns an einen Tisch und stellten fest, dass hier überwiegend jüngere Gäste verkehrten.

„Was kann ich Euch bringen", fragte eine junge Kellnerin.

Wir bestellten Rotwein und rückten aufgrund der lauten Musik enger zusammen.

„Ich hoffe, es ist dir hier nicht zu laut", sagte Hartmut, „es ist halt eine einfache Bar."

„Nein, ich finde es gut. Endlich mal ohne signore hier, signore da", antwortete ich in lauter Tonlage.

Wir prosteten uns zu und in kürzester Zeit gewöhnten wir uns an die Lautstärke.

„Verrückter Tag, verrückter Abend", lachte Hartmut und schüttelte den Kopf.

„Verrücktes Lokal", reagierte ich lachend. Mir gefiel es. Dass wir die ältesten Gäste waren, machte mir nichts aus. Wer sich durch unsere Anwesenheit im Vergnügen gestört fühlte, musste woanders hingehen. Plötzlich dachte ich an den blöden Spruch, jetzt kommen sie schon zum Sterben hier her. Sollte ich ihn hören, würde ich entgegnen, ja, hier zu sterben finden wir angenehmer als in einem Pflegeheim. Ich musste schmunzeln, sterben bei Rotwein und Zigaretten.

Im Nu hatten wir unsere Gläser geleert. Hartmut bestellte einen weiteren halben Liter Rotwein und ich merkte, wie sich meine Zunge löste, gleichzeitig schwer wurde, sich die sogenannte Wolldecke im Mund ausbreitete.

„Morgen machen wir einen ganz ruhigen Tag", sagte ich.

Hartmut sah mich an: „Warum? Meine Lebensgeister strampeln und jetzt soll ich sie beruhigen, das will ich nicht. Ich will dich heiraten und viel erleben."

„Ja, genau das will ich auch", bestätigte ich und hob mein Glas.

„Die Karaffe ist schon wieder leer", Hartmut nahm sie ungläubig in die Hand und winkte der Kellnerin, die nach kürzester Zeit noch einen halben Liter Rotwein brachte. Hartmut schenkte ein und erhob sein Glas: „Dann lass uns auf unsere Heirat anstoßen."

„Von mir aus", prostete ich ihm zu. Anschließend gab ich ihm auf einem Bierdeckel schriftlich die Zusage zur Eheschließung. Dann schmiedeten wir grenzenlose Zukunftspläne. Irgendwann nahmen wir für den kurzen Heimweg ein Taxi.

Um Punkt vier Uhr meldeten sich mein Kopf und mein Magen, ich musste mich übergeben. Danach ging ich in die Küche, aß trocknes Toastbrot und nahm eine Kopfschmerztablette.

„Geht es dir schlecht?", fragte Hartmut, als er in die Küche kam.

„Mir ist übel, ich habe mich übergeben."

„Oh, Barbara, so ein Mist, es tut mir leid. Allerdings leide ich auch ein wenig."

Ich musste über uns Weinleichen lachen. Hartmut aß ebenfalls trocknes Toastbrot, nahm eine Tablette und irgendwann gingen wir ins Bett, hielten einander fest und schliefen ein.

Am nächsten Morgen gaben wir vor, die durchzechte Nacht zu bereuen, doch eigentlich pflegten wir den Kult der Nachwirkungen. Wir sprachen mit heiserer Stimme, krochen von einem Zimmer zum anderen, sahen fern, schliefen, aßen, stöhnten und lachten viel. Gegen Abend holte Hartmut einen Hammer, einen Nagel und den Bierdeckel mit meiner Einwilligung zur Eheschließung und hängte ihn über das Bett. Wir lachten.

„Du bist doof", sagte ich und versicherte, meine Entscheidung nicht mehr anzuzweifeln. Demnächst sollten wir heiraten.

31

Der von uns entwickelte gemeinsame Anspruch an einen Ehevertrag wollten Hartmut und ich mit dem Notar besprechen. Nach unserem Tod sollte meine Schwester nichts und Hartmuts Sohn so wenig wie möglich erben, das verbleibende Bar- und Sachvermögen sollte an eine gemeinnütze Vereinigung oder Stiftung gehen, die sich um bedürftige familienlose Alte kümmerte.

Mit dem Taxi fuhren wir zur Notariats-Kanzlei in einer Jugendstilvilla in der Franz-Joseph-Straße. Der Notar, ein großer, schlanker grauhaariger Mann um die siebzig Jahre, gab sich vornehm kühl und ähnlich frostig war die Atmosphäre in seinem Arbeitsraum mit einer dunklen aus massivem Holz bestehenden alten Inneneinrichtung.

Zudem waren die Fenster mit dichten Vorhängen versehen, sodass kein Lichtstrahl eindrang.

Stocksteif nahm ich neben Hartmut gegenüber dem Notar Platz, getrennt durch einen riesigen Schreibtisch. Der Notar drückte vornehm seine Freude über unsere Bekanntschaft aus, bevor er das vor Tagen geführte Beratungsgespräch in groben Zügen wiederholte.

Mein Unbehagen stieg von Minute zu Minute, denn ich konnte mich des Eindrucks nicht erwehren, von ihm gemustert zu werden. Seine Blicke spürte ich an meinem ganzen Körper, wie er mich taxierte und abschätzte, vermutlich aus einer schmutzigen Phantasie. Lüsterner, arroganter, widerlicher Typ, dachte ich und wich seinen Blicken so gut es ging aus. Laut Hartmut war er Single und ich fragte mich, welche Frauen mit ihm ins Bett gingen. Sein Charme wirkte auf mich eher abstoßend.

Während er uns aufklärte über Schenkungen an Stiftungen mit lebenslangem Wohn- oder Nießbrauchrecht, über Schenkungen und Einzahlungen an Stiftungen, die Altenpflege zum Gegenstand hatten, lockerte sich die Atmosphäre etwas. Hartmut und ich fühlten uns angesichts der vielen Institutionen mit einer unmittelbaren Entscheidung überfordert, zumal wir uns eine spätere eigene Gebrechlichkeit und Hilfsbedürftigkeit nicht vorzustellen vermochten.

„Sie müssen sich heute nicht entscheiden", reagierte der Notar, „Sie denken im Moment sicherlich nicht an Tod und Krankheit." Er betrachtete uns. In seinen Mundwinkeln meinte ich Hohn zu erkennen, als ob er dachte, dass der kleine Winzling sich eine schöne fette Matrone gesucht hatte. Wahrscheinlich bildete ich mir seine Obszönität ein, weil mir unser ungleiches Größenverhältnis in manchen Situationen nach wie vor zu schaffen machte. Und diese Situation mit dem stattlichen Mann war eine solche.

Nach einigen Notizen schlug der Notar uns die Klausel im Vertrag vor, dass die erbende Organisation entweder von Hartmut und mir gemeinsam oder von einem von uns als Hinterbliebener oder im Falle des Todes von uns beiden vom Testamentsverwalter nach Prüfung der Seriosität bestimmt werden sollte. So hatten wir Zeit und mussten uns gegenwärtig nicht festlegen oder gar nicht festlegen.

32

Nachdem der Ehevertrag beurkundet, alle Formalitäten für die Anmeldung zur Eheschließung erfolgt waren und unser Entschluss gegen Eheringe gefasst war, stand Mitte Juni der Termin der Eheschließung vor der Tür. Außer Kai, der mir die Geburtsurkunde aus meinem wichtigsten der wenigen Ordner gesendet hatte, wusste niemand davon. Kai hatte nicht weiter gefragt, er beglückwünschte mich und unbekannterweise Hartmut und wünschte uns Lebensfreude und tiefe Liebe.

Brigitte hatte ich nicht informiert und je näher der Standesamtstermin rückte, desto stärker quälten mich Gewissensbisse, sie, meine Freundin in meine Entscheidung nicht mit einbezogen zu haben. Was hatte ich mir dabei gedacht? Wollte ich mich ihren Bedenken nicht stellen, um meinen Blick auf Hartmut nicht zu trüben? Ohne lange Überlegungen hatte ich der Heirat zugestimmt, von den Umständen ganz zu schweigen.

Wenn ich unsere Frauenfreundschaft noch retten wollte, dann musste ich Brigitte jetzt anrufen. Was sollte ich sagen? Zuallererst musste ich mich entschuldigen und anschließend die herausragende Bedeutung ihres Rates betonen. Aber warum, morgen war es soweit, die Weichen waren gestellt. Schweiß lief mir am Körper hinunter. Ganz ruhig, nichts überstürzen, erst durchatmen und dann kraftvoll agieren, dachte ich an das Lebensprinzip der Yogalehrerin und stellte mein Vorhaben zurück. Was sollte ich tun? Ich spürte Hitze und Enge, ich brauchte Luft, ich brauchte Weite, ich musste hinaus ins Freie, spazieren gehen und klare Gedanken fassen.

Hartmut befand sich im Wohnraum, ich nahm meinen Mantel und steckte den Kopf durch die Zimmertür: „Nimm es mir nicht übel, ich muss ein bisschen laufen und kräftig durchatmen."

„Du möchtest allein sein?", sah Hartmut von seinem Buch auf.

„Ja."

„Bitte nimm dein Handy mit. Sollte irgendetwas sein, ruf unbedingt an." Er lächelte. Wie schön, dass er lächelte und nicht fragte und nicht drängte.

„Okay", schloss ich die Tür und fand meine Grübeleien in diesem Augenblick absurd. Vor einem Leben mit Hartmut musste ich mich nicht fürchten und mir schon gar nicht die Bestätigung von einer Freundin holen, die ihn rigoros ablehnte.

Was wollte ich überhaupt retten? Meinen Kopf? Fürchtete ich Brigittes Ablehnung so sehr, dass ich mir mit einem Telefonat kurz vor Toresschluss ihre zukünftige Sympathie sichern wollte?

Mittlerweile war ich im „Englischen Garten" angekommen und setzte mich auf eine Bank in den Halbschatten. Es war behaglich mild und ich hörte die Vögel zwitschern, als ob sie allein für mich ein Konzert gaben.

Was war nur in mich gefahren? Warum eine solche Panik wegen Brigitte? Anscheinend hatte der kurze Zeitraum zwischen unserem letzten Telefongespräch und jetzt ausgereicht, um ihre eindeutige Zurückweisung in Vergessenheit geraten zu lassen. Ich wunderte mich, wie tief Verhaltensmodi in einem verankert waren.

Eine ältere Dame unterbrach mein Sinnen mit der Frage, ob sie sich zu mir setzen dürfe.

„Ja, gern", antwortete ich.

Nach einer kurzen Weile fragte sie, ob sie rauchen dürfe.

„Ja, es stört mich nicht. Ich bin selbst Raucherin", entgegnete ich und sah sie an. Sie war etwas älter als ich, sehr gepflegt, feingliederig und elegant. Sie trug dezenten edlen Schmuck.

„Bitte, vielleicht mögen Sie eine", bot sie mir eine Zigarette an.

Das Angebot kam mir wie gerufen. „Danke, ich bin so frei, ich habe meine Zigaretten in der Wohnung gelassen."

„Na, nehmen Sie nur, in Gesellschaft zu rauchen ist schön. Heutzutage trifft man wenige Raucher und Raucherinnen."

„Da stimme ich Ihnen zu, man raucht im stillen Kämmerlein oder man wird an einen weit entfernten Platz zitiert." Mir fiel mein letzter Besuch bei Werner ein und ich berichtete im heiteren Ton: „Sobald ich eine Zigarette rauchte, ängstigte sich mein Freund an Lungenkrebs zu erkranken und schickte mich mindestens zehn bis fünfzehn Meter weit weg, damit ihn der Krebs nicht erwischte." Das gedankliche Bild brachte mich zum Lachen, die Dame lachte ebenfalls.

„Wie ich vernehme, ist der Antinikotin-Freund Vergangenheit. Gut so", sagte sie heiter. „Ich spreche aus Erfahrung. Mein Mann hat mir Zeit meines Lebens das Rauchen in unserer Wohnung und in seiner Nähe untersagt. Verboten! Der liebe Gott hatte Mitleid mit mir." Sie überlegte kurze Zeit, zog die Mundwinkel zu einem Lächeln und fuhr fort: „Mit zweiundvierzig Jahren erkrankte mein Mann an einer Nasennebenhöhlenentzündung und verlor den Geruchssinn. Ab dem Zeitpunkt wurde für mich das Rauchen leichter. Ich musste weiterhin heimlich rauchen, im Keller, draußen vor der Eingangstür, auf der Terrasse, aber er roch es nicht mehr. Nachdem mein Mann die Augen für immer geschlossen hatte, zündete ich mir eine Zigarette in unserer Wohnung an und was meinen Sie, was passierte?" Sie schaute mich fragend an, dann lachte sie ein resigniertes Lachen: „Mein Sohn, er wohnt in Mannheim, nahm mir die Zigarette aus der Hand und meinte, das wollen wir hier gar nicht anfangen. Ich dachte mich verhört zu haben und zündete mir eine neue Zigarette an. Von meinem Sohn lasse ich mir das Rauchen nicht verbieten. Er ist ein konsequenter Mensch und hat mich vor die Alternative gestellt, er oder die Zigaretten. Ich entschied mich für Zigaretten. Was ist es für eine Zuneigung, die man sich durch Genussverzicht erkaufen muss?" Sie fragte: „Haben Sie Kinder?"

„Nein, antwortete ich, „manchmal hätte ich gern welche und beneide Menschen, die eine Familie haben."

Die Dame winkte ab: „Sie sehen ja, ich habe einen Sohn, aber letzten Endes habe ich keinen. Vielleicht beerdigt er mich, aber auch das ist mir egal. Kommen Sie nicht von hier, bei Ihnen klingt ein anderer Dialekt durch."

„Ich bin aus Norddeutschland. Ich habe vor einigen Wochen einen Mann von hier kennengelernt und besuche ihn."

„Ich würde auch gern einen Mann kennenlernen." Sie zuckte mit den Schultern und seufzte gedankenverloren. „Ich möchte noch einmal gestreichelt werden und ich möchte küssen und ..." Dann seufzte sie erneut: „Mein Mann und ich haben uns in den letzten Jahren nicht mehr berührt, obwohl wir bis zu seinem Tod in einem Bett schliefen. Nicht mehr berührt, nur miteinander gesprochen. Können Sie sich vorstellen, Jahre keinen anderen Körper zu spüren, nicht mehr zu küssen, nur mit spitzen Lippen Schmatzerl zu geben?"

Hierauf erwiderte ich nichts. Wortlos legte ich meine rechte Hand auf ihren linken Unterarm, wir schwiegen eine Weile. Plötzlich sah sie auf die Uhr, stand auf, entschuldigte sich für den Aufbruch, ihre Schwester wartete in einem Lokal.

Auf dem Weg nach Hause beschäftigte mich die zufällige Begegnung ohne Lobpreisungen auf Kinder und Enkelkinder, ohne Krankengeschichten, ohne Gesundheits- und Kochtipps. Es war ein kurzes Gespräch gewesen, ein ehrliches Gespräch über Bedürfnisse im Alter. Die Dame war konsequent, sie wusste, was sie wollte. Sie hatte sich den Bedingungen ihres Sohnes widersetzt und sich nicht unterdrücken lassen. Ich dachte an Brigitte.

Schade, dass ich nicht wusste, wer die Dame war. Vielleicht sahen wir uns zufällig wieder, hier im Park, auf dieser Bank.

33

Am Morgen des Standesamtstermins klingelte es früh an der Haustür. Hartmut öffnete und zu meiner Verblüffung reichte er mir anschließend einen kurz gebundenen Rosenstrauß. „Für meine Braut, ein Strauß Rosen ", freute er sich, „ich hoffe die richtigen Rottöne der Lebensalter-Rosen aus Twomblys Zyklus getroffen zu haben."

Hartmuts Aufmerksamkeit machte mich verlegen, meine Kehle brannte, mir stiegen Tränen in die Augen: „Danke Hartmut, vielen Dank." Mehr konnte ich nicht sagen. In diesem Moment dachte ich an Roland und hatte alle Mühe, meine Tränen zurückzuhalten. Den Brautstrauß stellte ich in eine Vase und ich entdeckte zwischen weißen, hellgelben, orangenen und roten Rosen ganz versteckt eine violette Rose. Jetzt flossen mir die Tränen und ich umarmte Hartmut: „Danke, Du machst mich glücklich."

„Glückstränen sind die schönsten Tränen, aber jetzt wird gefrühstückt", reagierte er mit einer heiseren Stimme, die einen Frosch im Hals verriet.

Hunger hatte ich keinen, ich trank eine Tasse Tee. Innerlich bedankte ich mich für mein großes Glück und betrachtete Hartmut, diesen schönen, interessanten, liebevollen Mann. Er würde mein Ehemann werden. Heute heiratete ich ein zweites Mal.

Meine erste Eheschließung war eine aus steuerlichen Gründen gewesen, in Cordhosen und Rollkragenpullovern, ohne Blumen, ohne Essen zu gehen, „ohne die verdammte Spießbürgerlichkeit", so unsere damaligen Worte. Ehe wir es gemerkt hatten, waren Verpflichtungen und Erwartungen gegenüber dem Anderen in uns eingezogen. Würden Hartmut und ich auch irgendwann streiten, die Türen schlagen, lauter werden?

Hartmut und ich trugen zu unserer Eheschließung keine Cordhosen. Ich zog ein buntes Kleid mit einer bunten Jacke und flachen Schuhen an. Hartmut trug eine graue Hose mit einem grauen Blazer und einem blauen T-Shirt. Wenngleich wir uns sehr nüchtern gaben, übermannte uns im Wartebereich des Standesamtes die Aufregung. Hartmut tippte laufend mit dem rechten Zeigefinger auf seine Nasenspitze und mich umhüllte Gänsehaut. Trauzeugen hatten wir keine.

Als Ehepaar traten wir am frühen Nachmittag aus dem Standesamt. Ich kam mir komisch vor. Bisher hatte ich mich nie bei Hartmut eingehakt und nun lag meine linke Hand in seiner rechten Armbeuge. Den Gehstock hielt er in seiner linken Hand. Einerseits war ich froh mit ihm allein zu sein, andererseits vermisste ich Umarmungen und Glückwünsche, andere Menschen, die sich mit uns freuten. Ich war plötzlich von Gefühlen ergriffen, die in einer sachlich begründeten Vermählung nichts zu suchen hatten.

Hartmut blinzelte mich an: „Wir sind nicht verrückt, wir haben uns getraut." Beide lachten wir.

Mit dem Taxi fuhren wir nach Hause. Dem überraschenden Blumenstrauß begegnete ich mit einer

Schwarzwälder Kirschtorte, Hartmuts Lieblingskuchen, die ich vor Tagen heimlich bei einem Konditor bestellt hatte und die pünktlich zum Kaffee geliefert wurde.

„Herrlich, Schwarzwälder Kirschtorte, eine größere Überraschung gibt es nicht", freute sich Hartmut und holte ein Messer, „unsere Hochzeitstorte müssen wir zusammen anschneiden und jeder bekommt ein dickes fettes Stück oder wegen des besonderen Tages vielleicht sogar zwei."

Während des Kaffeetrinkens erwähnte Hartmut die Vorzüge geheim geehelicht zu haben, doch nun verspürte er das Bedürfnis es aller Welt mitzuteilen und schlug vor, die beiden Nachbarehepaare einzuweihen. Am nächsten Morgen wollte er ihnen Schwarzwälder Kirschtorte bringen und sie für den übernächsten Tag einladen. Damit war ich sofort einverstanden, schließlich waren es Hartmuts einzigen engeren Kontakte und die sollten wir pflegen. Hin und wieder besuchte er eine Cousine im Allgäu und in unregelmäßigen Abständen traf er sich mit früheren Kollegen.

Für meine Bekannten und Familie hielt er ein kleines Fest nach der Rückkehr zu Werners Geburtstag für richtig. Auch dem stimmte ich zu und empfahl, die Einladung mit den Vermählungskarten auszusprechen. Ich war froh, dass es Hartmut ähnlich wie mir ging.

„Dein Sohn sollte ebenfalls eine Anzeige erhalten", fand ich, worauf sich Hartmuts Gesichtsausdruck schlagartig verdüsterte. Er wurde aschfahl, seine Schultern fielen nach vorn, er sah zehn Jahre älter aus. Rigoros lehnte er ab und tippte nervös mit dem rechten Zeigefinger an seine Nasenspitze. Auch zeigte sich seine kleine Falte zwischen den Augenbrauen.

„Nein, ich habe Angst vor ihm," entgegnete Hartmut kurzatmig, „und will ihn nicht herausfordern. Wer weiß, was er unternimmt?"

Hartmuts kummervolle und unterdrückte Stimmlage bei Gesprächen über den Sohn ärgerte mich mittlerweile.

„Gut!", gab ich mich zufrieden, ohne zufrieden zu sein. Weil Hartmut jede Auseinandersetzung über seinen Sohn derart aufregte, nahm ich mir fest vor, zukünftige Gespräche darüber zu vermeiden. Allerdings befürchtete ich, dass Geheimhaltung mehr verängstigte, als offene Konfrontation. Die Dame aus dem Park hatte sich klar gegen ihren Sohn entschieden. Hartmut dagegen zog sich aus Furcht vor seinem Sohn klammheimlich zurück und hoffte nicht von ihm entdeckt zu werden. Damit war er unterdrückt. Den Sohn mit den Tatsachen zu kon-frontieren, hielt ich für folgenloser.

Am Abend besuchten wir ein Restaurant und als ich Hartmuts Worte hörte, seiner Frau bitte eine Flasche Mineralwasser zu bringen, klangen diese Worte unüber-hörbar in meinen Ohren. Meine Frau, sinnierte ich und sprach mit einem merklichen Wohlgefühl still in mich hinein, und du bist mein Mann. Ich war mir sicher, die Eheschließung aus sachlichen Gründen hatte Einzug in das emotionale Leben gehalten. Mein Mann, meine Frau und das nach zehn Wochen. Wir hatten uns getraut.

„Weißt du schon, was du isst?", fragte Hartmut.

„Nein, hilf mir", bat ich, ich verspürte keinen Hunger. Schade, dass ich keinen Hunger hatte. Es sollte ein besonders schöner Tag und Abend werden und nun war er irgendwie verflixt. Zwar versuchten wir das Unbehagen über Hartmuts Sohn zu vergessen, dennoch wollte keine Leichtigkeit eintreten.

Während ich in der Speisekarte las, überlegte ich, wie ich ein letztes Mal an das Gespräch vom Nachmittag anknüpfen konnte, ohne zu taktieren. So teilte ich Hartmut geradewegs meine Bedenken mit, durch Unaufrichtigkeit unfrei zu werden und bat ihn, seinen Entschluss unter diesem Gesichtspunkt zu überdenken.

„Ich werde es tun, dir zuliebe", stöhnte er kreidebleich, „auch wenn es mir schwerfällt. Ich bin tief enttäuscht. Wieder und wieder denke ich an die Jahrzehnte, in denen ich schuldbewusst Dutzende Entschuldigungsbriefe schrieb und um Kontakt flehte. Keine Reaktion. Erst das Geld hat ihn bewegt. Ein solcher Mensch ist zu allem fähig."

Ich nahm seine Hände und versicherte ihm in voller Überzeugung: „Du musst keine Angst vor ihm haben, jetzt bin ich deine Ehefrau und passe auf dich auf." Alles wollte ich tun, um meinen Mann glücklich zu sehen.

Zu Hause tranken wir ein Glas Prosecco und gingen ins Bett. Unsere Hochzeitsnacht war entgegen aller Klischees eine mit tiefsinnigen Gesprächen, während wir uns an den Händen hielten. Heute Nacht verschweißten wir miteinander und fühlten die Stärke aus unserem wir.

Am nächsten Morgen fragte Hartmut, ob ich von dem verkorksten Tag und der fehlenden Hochzeitsnacht enttäuscht war.

„Nein", streichelte ich seine Wange, „verkorkst war gar nichts. Wir haben geheiratet und mussten uns erst mit den neuen Rollen vertraut machen. Du mit mir, ich mit dir."

„Danke", sagte Hartmut und gab mir einen Kuss auf die Stirn. Ein Kuss auf die Stirn war ein ganz besonderer Kuss, er signalisierte Fürsorglichkeit, Liebe.

Gegen Abend setzte Hartmut sich zu mir in die Küche, wo ich Vorbereitungen für den anstehenden Besuch der Nachbarn traf. „Hast du eine Minute Zeit? Deine Ausführungen zu meinem Sohn habe ich mir gründlich durch den Kopf gehen lassen und habe mit dem Notar telefoniert wegen einer Vermählungsanzeige. Er fragte mich, ob es mir wichtig sei, unsere Heirat anzuzeigen oder ob ich meine Rachegelüste mit der Vermählungsanzeige befriedigen wolle? Ich habe ihm meine Angst vor meinem Sohn anvertraut und die konnte er ausräumen. Erik kann weder einen Einspruch gegen die Heirat erheben noch gegen die Überschreibung der Wohnung. Zwar könnte er für mich noch eine Betreuung beim Betreuungsgericht anregen, weil er meint, ich übersehe mein Handeln nicht. Doch hat der Gesetzgeber vorgesorgt, damit Kinder ihre Eltern nicht einfach entmündigen lassen können. Mein Sohn spielt überhaupt keine Rolle mehr, seitdem du meine Ehefrau bist, der höchste Priorität in offiziellen Angelegenheiten eingeräumt wird. Genauso wie wir es im Ehevertrag festgehalten haben. Du für mich, ich für dich. Es hat mich beruhigt und daher werde ich ihm irgendwann schreiben, dass ich dich geheiratet habe."

Erleichtert setzte ich mich zu Hartmut, berührte seine Hand und freute mich mit ihm über die Gegebenheiten. Unsere Blicke trafen sich und wir wurden von einem Begehren ergriffen, dass keinen Aufschub duldete. Wir wollten einander spüren, wir wollten ins Bett. Selbst der Gedanke, dass ich keinen Unterrock trug, hielt mich nicht zurück.

34

Nach dem gestrigen wunderschönen Abend fühlten Hartmut und ich uns besser, gelöster, freier. Bei den letzten Vorbereitungen für die Einladung scherzten wir über die Nachbarn und deren Eigenarten. Natürlich war ich nervös, es handelte sich um unsere zweite gemeinsame Einladung, die gelingen und nicht mit ähnlichen Folgen wie die erste enden sollte.

In der Wahl meiner Kleidung orientierte ich mich etwas an die stets schlicht in dezenten Farben gekleideten Nachbarinnen und zog mir einen unauffälligen dunkelblauen Rock mit blauem Shirt an. Im Spiegel fand ich mich wie ein trostloses Abbild von mir selbst. Nein, bei aller Sympathie für die Nachbarn, würde ich mich nicht verkleiden und wechselte den blauen Rock in einen bunten. Dazu schlang ich mir ein unifarbenes Tuch locker um die Taille. So gefiel ich mir, oben zurückhaltend wegen der starken Brust, dann der enge bunte Rock und flache farbige Schuhe.

Hartmut zog staunend die Augenbrauen hoch: „Umwerfend siehst du aus, meine Schöne."

„Danke, man tut, was man kann." Das Kompliment freute mich, ich hatte die richtige Wahl getroffen.

Die beiden Nachbar-Paare bedankten sich für die Einladung mit einem großen Blumenstrauß und boten mir zuallererst das Du an. Hartmut schenkte Prosecco ein und hieß unsere Gäste herzlich willkommen.

Wie erwartet, wollten die Nachbarn wissen, woher ich kam und wie ich Hartmut kennengelernt hatte, ob ich zukünftig öfter München besuchen wollte. Dann erfolgten Lobeshymnen auf München als Wohn- und Lebensort, vornehmlich die Biergärten, das Weißbier und die Weißwurst. Unbedingt müsste ich einen traditionellen Biergarten kennenlernen. Demnächst wollten sie Hartmut und mich dazu abholen. Ich nickte, bejahte, lächelte und war innerlich dankbar für die freundliche Aufnahme.

„Das ist nett, aber wenn Biergarten, dann bald oder später im August. Meine Frau und ich fahren Ende Juni in ihre Heimat. Wir müssen einiges regeln", warf Hartmut ein.

„Deine Frau?", stutzte eine Nachbarin, worauf die andere sofort aufmerksam ihren Mann anstieß und um Ruhe bat.

„Ja, wir haben auf unsere alten Tage geheiratet, man weiß ja nie. Nachher kommt irgendein Stenz daher und sie ist weg."

Hierauf folgten Glückwünsche und Umarmungen, dann ein Toast auf das Paar mit kleinen scherzhaften Bemerkungen, für eine Ehe war es nie zu spät und, und, und. In lebendiger und ausgelassener Stimmung zog ich in den Kreis der Nachbarinnen mit Einladungen zum Bridge, zum gemischten Chor, zu Tanzveranstaltungen ein.

„Wir nehmen dich gern mit, Barbara. Solange ihr hier wohnt, wollen wir die Zeit mit euch genießen", äußerte die andere Nachbarin.

„Die Wohnung behalten wir", erwiderte Hartmut.

„Ach so, habt ihr euch anders entschieden?"

„Warum anders?", stutzte Hartmut.

„Wir haben uns gewundert, als vor einigen Wochen dein Makler hier auftauchte. Er hat hinter vorgehaltener Hand verraten, sich ein Bild von diesem Haus zu machen, da deine Wohnung demnächst verkauft werden würde."

„Komisch, ich habe niemanden beauftragt. Wann war es?", fragte Hartmut.

„Als du bei deinem Sohn warst, gleich in der ersten Zeit. Ich hatte gar nicht mehr daran gedacht, aber im Zusammenhang mit eurer Heirat fiel es mir wieder ein. Du hast ihn also nicht beauftragt?"

„Nein", antwortete Hartmut. „Makler wittern überall Geschäfte."

„Mittlerweile muss man wirklich aufpassen. Wer weiß, was das für ein Mensch war. Dass es ein Makler war, bin ich mir sicher. Er hatte eine Mappe unter dem Arm und machte sich Notizen."

Ich ahnte, wer hinter dem Maklerbesuch steckte und sah Hartmut fragend an. Seine unruhigen Augen bestätigten meine Ahnung. Er war blass geworden, sein Gesicht war mit roten Flecken übersät und seine Hände zitterten, doch nach einigen Minuten hatte er sich wieder gefasst.

„Wollen wir mal zukünftig die Wohnungen gut abschließen", riet er locker.

Das ungeklärte Maklerereignis barg weiteren Gesprächsstoff in sich. Eine Weile redeten wir von Überfällen auf ältere Menschen und Wohnungseinbrüchen, die sich in der Urlaubszeit häuften.

Irgendwann sprachen wir über Urlaube und Reiseziele. Letzten Endes gelangten wir zum Norden Deutschlands, den keines der beiden Ehepaare kannte. Sie hatten weder die Nordsee noch die Ostsee, weder Hamburg noch Lübeck besucht. So sind die Bayern, sie verlassen ihren Freistaat nicht, mokierte ich mich still. Die ganze Zeit hatte ich Hartmut im Auge, der heiter eine gemeinsame Norddeutschland-Rundreise als Senioren-Hippies in einem VW-Bus in Aussicht stellte.

Beim Aufzählen norddeutscher Vorzüge, begann etwas in mir zu schmerzen, schnürte die Kehle zu und ließ mich kaum atmen. Eine Gefühlsregung, die ich aus meiner Kindheit kannte, mit der ich während einer Kur in einem Erholungsheim gekämpft hatte. War es Heimweh?

Nachdem die Gäste gegen Mitternacht aufgebrochen waren, sprach Hartmut zuallererst den Maklerbesuch an.

„Für mich liegt nahe, dass mein Sohn den Makler zwecks grober Wertermittlung schickte. So eine Saubande. Der wird sich wundern. Glücklicherweise haben wir alles in trocknen Tüchern und dennoch ist man immer wieder verunsichert. Vielleicht sollten wir die erste Selbsthilfe-Gruppe für geschundene alte Eltern gründen", sagte Hartmut lachend.

35

Am Morgen begann Hartmut ein Gespräch über Urlaubsziele und berichtete von seinem Besuch in einem Reisebüro zwecks Informationen zu möglichen Flügen nach Kalifornien.

Allein der Gedanke an die fürchterlichen nicht enden wollenden Stunden im Flugzeug löste bei mir Miss-stimmung aus: „An sich wollte ich keine Langstrecken mehr fliegen."

„Musst du selbst nicht. Wir nehmen einen guten Flugkapitän", scherzte Hartmut, „wir lassen uns Non-Stopp-Business-Class nach San Francisco fliegen."

„Das ist zu teuer", blockte ich ab. In mir regte sich Widerstand gegen die Reise, zudem hatte ich heute keine Lust über Geld und Reisen zu sprechen.

Geld spielt keine Rolle", seufzte Hartmut, „wir wollen komfortabler als früher fliegen."

„Hartmut, dafür habe ich kein Geld."

„Wir haben das Geld", wurde er ernst, „ich habe doch extra das Bargeld vor unserer Heirat abgeholt und auf dein Konto eingezahlt. Lass uns das Geld ausgeben bevor ich sterbe. Du hast gesehen, wie schnell einem der Spargroschen genommen werden kann. Für unseren regelmäßigen Bedarf haben wir Rente und für Reisen haben wir das Bargeld auf deinem Konto und wenn wir so alt werden, dass es nicht ausreichen sollte, nehmen wir eine Hypothek auf und geben auch das Geld aus. Geld ergibt für mich erst einen Sinn, wenn ich etwas damit machen kann."

„Lass uns später darüber reden", bat ich. Meine Vorbehalte bezogen sich weniger auf das Geld, mir war zum Heulen. Seit gestern Abend dachte ich wiederholt an mein Zuhause, an meine Wohnung am Wassergarten, an einen Spaziergang am See. Obwohl zwischen Brigitte und mir die Wogen nicht geglättet waren, vermisste ich sie, die zackigen Schritte, das Rosa und Beige. In München war es sehr schön und Hartmut war der traumhafteste Mann der Welt, die Nachbarn waren rührend, dennoch fehlten mir die Yoga Gruppe und der Literaturkreis, Kai mit seiner warmen leisen Stimme, Werner mit seinen Prinzipien. In mir brannte Heimweh, Tränen stiegen mir bis in den Hals, sie schmerzten fürchterlich. In mir herrschte eine Schwere, die ich nicht überwinden konnte. Drei Tage waren wir verheiratet und es wurde grau zwischen uns.

Weitgehend kommentarlos lasen wir Zeitung und die Atmosphäre schien von einer unbeschreiblichen

Melancholie gekennzeichnet. Selbst den Cafébesuch verschoben wir auf später und kümmerten uns stattdessen um die Vermählungsanzeigen. Im Grunde genommen war es gleichgültig, wann die Adressen geschrieben wurden. Anscheinend hielt sich jeder von uns daran fest. Der kleine Stapel Karten und die Adressenliste lagen vor uns auf dem Tisch und ich gab mir Mühe, meinen Kopf nicht in die Hände fallen zu lassen.

„Was ist los mit dir?", sah Hartmut mich an.

„Nichts", erwiderte ich.

„Bitte, sag mir, was los ist", wiederholte er dringlich.

Seufzend legte ich den Stift aus der Hand und endlich lösten sich Tränen: „Ich habe Heimweh und möchte bald nach Hause."

„Ja natürlich", reagierte Hartmut. Nervös stand er auf, holte Zigaretten, zündete sich eine an und fragte mit zittriger Stimme: „Willst du allein fahren?" Sein Gesicht war aschfahl mit roten Flecken.

„Nein", schluchzte ich, „mit dir zusammen. Ich möchte nur bald für eine Zeit nach Hause. Ich habe Heimweh."

Mit wässrigen Augen gestand Hartmut erleichtert, eben von der schrecklichen Angst ergriffen worden zu sein, dass ich ihn zurücklassen würde.

„Ich fahre doch nicht allein", ich hatte mich wieder gefangen, „du bist mein Mann und wir wollen auf uns aufpassen. Ich glaube nicht, dass es geht, wenn der eine hier wohnt und der andere neunhundert Kilometer entfernt. Ich möchte lediglich für eine Zeit nach Hause. Vielleicht habe ich nach zwei Wochen die Nase voll."

„Selbstverständlich, wir kümmern uns darum. Mir ist gleichgültig, ob ich hier oder im Norden mit dir lebe. Vielleicht können wir hin und wieder wechseln."

Während wir in den folgenden Tagen unsere Abreise vorbereiteten, traf die erste Glückwunschkarte auf die verschickten Vermählungsanzeigen ein. Sie kam von Werner und Fenny. Gemeinsam öffneten wir den Briefumschlag. Auf der schneeweißen Karte befanden sich zwei ineinander geschlungene goldene Ringe neben einem grünen Buchsbaumgebinde, auf dem zwei weiße Tauben turtelten. Ich musste schmunzeln. Vor meinen geistigen Augen sah ich Werner, wie er mit Fenny eine schöne Karte aussuchte und ihm die Vorzüge und Nachteile einer Heirat durch den Kopf gingen.

36

Mitte August kehrten Hartmut und ich zurück nach München. Wie beim letzten Mal standen unsere Koffer dank einer Nachbarin im Flur. Die Wohnung roch frisch und war mir nicht fremd.

„Da sind wir wieder", sagte Hartmut froh, „heute heiße ich dich nicht herzlich willkommen, es ist schließlich unsere gemeinsame Wohnung."

Wir besaßen jetzt zwei Zuhause. Trotz der geringen Größe meiner Wohnung hatte Hartmut sich wohl gefühlt und sie als seine angenommen. Problemlos fand jeder seinen freien Raum. Mein Bett war uns nach einigen Tagen zu klein gewesen und kurz entschlossen hatten wir ein Bett von zwei Meter mal zwei Meter und zwanzig gekauft, das schnell angeliefert wurde. Unser erstes gemeinsames Möbelstück beglückte uns so sehr, dass wir in München ebenfalls ein großes Bett für uns anzuschaffen planten.

Norddeutschland zu verlassen war mir nicht schwergefallen, im Gegenteil, ich freute mich nach München zurückzukehren. Während der zwei Monate bei mir hatten Hartmut und ich viel unternommen, mal zu zweit, mal mit uns lieb gewordenen Teilnehmern aus der Yogagruppe, einmal mit meiner früheren Arbeitskollegin und ihrem Mann, oft mit Werner und Fenny und sogar mit Kai waren wir essen gewesen. Ansonsten hatten wir Alltag gelebt, morgens ins Café, abends manchmal zum Aperitif ins Lokal am See. Ich war zum Yoga und in meinen Literaturkreis gegangen, Hartmut hatte sich seiner Leidenschaft für Geschichte gewidmet.

Jetzt im August war München mediterran warm. Bevor ich Koffer auspackte, ging ich durch die Wohnung, öffnete alle Fenster und nahm voller Freude die Dinge wahr, die wir während meines letzten Aufenthaltes angeschafft oder aus Hartmuts verborgenen Schätzen ans Licht geholt hatten.

Für die kommende Zeit hier in München - wir planten zwei bis drei Monate - nahm ich mir viel vor. Um einmal wöchentlich in Gemeinschaft Yoga zu üben, würde ich mir zuallererst ein Center suchen. Bei Beginn der VHS-

Kurse, würde ich einem Literaturgesprächskreis beitreten. Gemeinsam planten Hartmut und ich einen monatlichen Theater-, Kino- und Museumsbesuch. Alles war sehr aufregend, das Leben pulsierte in uns. Wir freuten uns auf die nächste Zeit.

Ich ging zu Hartmut in die Küche, er kochte Tee. Nebenbei vertraute er mir an, den runden Tisch mit den Stühlen im Esszimmer abstoßend spießig zu finden. Wenn es mir ähnlich ging, sollten wir schnellstens einen langen eckigen Tisch mit sechs Polsterstühlen kaufen. Mir ging es ähnlich. Von Anfang an fand ich die kleinbürgerliche, steife Essgruppe geschmacklos, sie hatte weder etwas mit Hartmut noch mit der Wohnung und gar nichts mit mir zu tun. Daher machte mich seine Idee richtig froh.

Als ich das Teegeschirr auf ein Tablett stellte, fiel mir die leere Fensterbank ins Auge. Wo war die Terrakotta-Armee?

Hartmut zog einen Schmollmund: „Verzeih mir, ich habe dich als Notlüge benutzt und vertraulich darauf hingewiesen, dass du als meine Ehefrau die Armee nicht so gern auf der Fensterbank siehst. Das hat die gute Fee verstanden. Alles so gut, jetzt Frau hier, jetzt Reich von Frau, ich ab jetzt sprechen mit Frau."

„Du bist unmöglich", musste ich lachen.

Zum Teetrinken öffneten wir die Balkontüren und wurden sofort von den Nachbarn zur Linken begrüßt: „Endlich seid ihr zurück, es war ja totenstill hier. Geht es euch beiden gut? Habt ihr alles regeln können? Sonntagabend geht es in den Biergarten, oder?"

„Ein sehr guter Vorschlag, wir sind dabei", guckte Hartmut um die Ecke, „mit Weißbier und Weißwurst."

Die netten Willkommensworte vermittelten mir das Gefühl in vertrauter Umgebung anzukommen. Bei mir zu Hause grüßten wir Bewohner uns lediglich und beklagten hin und wieder das Wetter.

Während Hartmut sich nach der Teestunde auf das Sofa legte, genoss ich weiterhin das wunderbare Abendlicht und hörte die Glocken der katholischen Kirche zu achtzehn Uhr läuten. Montag, achtzehn Uhr war für mich jahrelang das Ende der Yogastunde gewesen. Die Yogis und Yoginis aus meiner Gruppe hatten auf unserer kleinen Hochzeitsfeier für Hartmut und mich einhundertachtmal das Segensmantra „Om Tryambakam" gesungen. Alle waren gerührt gewesen. Selbst Werner, ein überzeugter Katholik, hatte zustimmend genickt und den Vergleich zu einem Choral gezogen.

An seinem Geburtstag war ein Shantychor aufgetreten, das Geschenk der Skatbrüder. Werner als umsichtiger Gastgeber hatte seine Gäste laufend mit Sprüchen zum Trinken animiert. Am späteren Abend war er an das Mikrofon des Alleinunterhalters getreten und hatte das frisch vermählte Paar aus München zum Ehrentanz aufgefordert. Ein bisschen gerührt waren wir auf die Tanzfläche gegangen, um im Kreis von Werners klatschenden Gästen einen langsamen Walzer zu tanzen, so gut wie Hartmuts steifes Bein es erlaubte.

Brigitte war auf ihrem Platz sitzen geblieben. Eingangs hatte sie uns höflich begrüßt und zur Eheschließung alles Beste gewünscht, ansonsten war von ihrer zwei Tage zuvor geendeten Kur auf Norderney, von ihrem erhöhten Ruhebedürfnis und von ihrer Tochter die Rede gewesen. Sie hatte einen sehr ruhigen und ausgeglichenen Eindruck gemacht, allerdings war sie ohne eine vertraute Äußerung früh nach Hause gegangen.

In der folgenden Woche hatten Brigitte und ich uns auf mein Drängen hin zum Kaffeetrinken in einem Café verabredet. Für ein Stündchen hatte sie zugestimmt, aber nicht länger. Wieder war sie befremdlich ruhig gewesen, dann hatte sie mir anvertraut, sehr krank zu sein. Eine bösartige Geschwulst war ihr aus dem Darm entfernt worden. Seitdem hatte sie ihr Leben völlig umgestellt, Besuch war ihr unangenehm. Ihr gingen andere Dinge durch den Kopf, die für Außenstehende nicht nachvollziehbar waren und eine Last bedeuteten. Aus diesem Grund zog sie sich zurück und auch, um Kraft für ihr Weiterleben und für die Folgebehandlung zu schöpfen.

Sie kämpfte mit schrecklichen Ängsten, die mithilfe von Gesprächen und Psychopharmaka therapiert wurden. Als ich das gehört hatte, verkrampfte sich alles in mir, ich hätte laut schreien können. Brigitte tat mir sehr leid, neben ihren langjährigen sexuellen Problemen musste sie auch noch gegen eine gefährliche Krankheit kämpfen. An jenem Nachmittag war sie mir so nahe wie lange nicht mehr gewesen. Ehrlicherweise gestand sie, mich nicht über ihre Krankheit informiert zu haben, weil sie sich in ihrem Leid nicht am Glück anderer erfreuen konnte. Warum ich und nicht ein anderer, hatte sie sich vom Beginn der Diagnose gefragt. Im Laufe des Gesprächs war für mich der Eindruck entstanden, dass Brigitte ihre Furcht mit Psychopharmaka weitgehend in den Griff bekam, dafür aber stillen Groll gegen die Gesunden hegte und mich wie auch andere gesunde Menschen zu Feinden erklärte.

Auf unserer Feier bestätigte sich mein Eindruck. Brigitte war sehr blass gewesen und ich hatte mich nach ihrem Befinden erkundigt.

„Wie es mir geht, fragst du. Wie soll es einer Krebs-kranken gehen? Meine Krankheit verlangt von mir eine große Lebensumstellung und ist nicht durch einen einfachen Handstock auszugleichen", hatte sie die Worte eher ausgespuckt, als gesprochen. Aus Mitleid war ich nicht auf ihre Boshaftigkeit eingegangen und hatte sie verständnisvoll am Arm berührt, den sie ruckartig weg-zog.

Einige Tage danach war ich ohne Ankündigung zu ihr gegangen, doch sie hatte mich an der Haustür schroff abgewiesen, weil sie sich auf die bevorstehende Therapie konzentrierte und nicht interessiert war an dem Glück zweier alter Turteltauben. Ihr Ekel im Gesicht hatte mir verraten, dass sie keinen abfälligen Ausdruck für uns als lustvolles älteres Paar gefunden hatte. Mit diesem letzten Besuch erlangte ich die traurige Gewissheit, unerwünscht zu sein.

Seitdem dachte ich oft an Arthur Schnitzlers Novelle „Sterben" und fragte mich, ob bewusst erfahrene Endlichkeit zwangsläufig zu einer Abgrenzung der vom Tod bedrohten Lebenden von den Lebenden mit Perspektive führte. Wenn Sterben unter Sterbenden leichter war, als Sterben unter den Augen der lebenden Familie, dann würde wenigstens das Sterben für mich nicht schwer sein, vorausgesetzt Hartmut lebte nicht mehr.

Imke war wie immer unterschwellig aggressiv gewesen und hatte mich während unserer Feier spitzzüngig gefragt, ob ich mit einem guten Gefühl Roland ersetzen konnte oder ob eine Wohnung in München die Entscheidung für die Verbindung mit einem fremden Menschen begünstigt hatte? Auf die Provokation war ich nicht eingegangen, hatte dennoch das erste Mal in meinem Leben Herzrasen verspürt. In mir war eine ohnmächtige Wut gewesen, die ich mir mit größter Mühe im Zaum gehalten und lediglich mit „Bitte Imke" kommentiert hatte.

In ähnlich respektloser Weise war sie mit Hartmut umgegangen. Sie hatte ihm vorgeworfen, als Angehöriger der verantwortungslosen Generation fünfundsechzig plus, für das eigene Wohl den Planeten ohne Rücksicht auf Nachfolgegenerationen zu plündern. Ich war nicht direkt an dem Gespräch beteiligt gewesen, aber ich schämte mich für sie.

Im Moment dachte ich, dass sie uns nicht einmal herzlich gratuliert hatte.

Hartmut war über Imkes Art und Weise empört gewesen und verwies lachend auf sein dickes Fell angesichts der freudlosen notorischen Nörglerin, die sich durch eine Fliege an der Wand bedroht fühlte.

Was Imke zu mir gesagt hatte, behielt ich für mich. Heute war ich froh, dass unsere Wege sich weitgehend trennten und sie mich nicht mehr beerben würde. Bis zu unserer Feier hatte ich immer wieder mal mit Skrupeln gekämpft.

„Zeit für Aperitif, es dämmert schon", trat Hartmut mit einer Flasche Wein und zwei Gläsern zu mir an das offene Wohnzimmer. Er sah verschlafen aus, mein Mann, meine große Liebe. Wir waren sehr glücklich miteinander und ich wünschte, es möge so weitergehen. Hoffentlich befanden wir uns in keiner Tragödie, in der alle Probleme mühevoll beseitigt wurden und als das Glück Einkehr hielt, einer der Glücklichen starb. Gedanken, die mich traurig stimmten, obwohl ich wusste, dass wir nicht mehr jung waren und unsere Zeit wie bei jedem Menschen endlich.

„Ich war vorhin schrecklich müde. Gerade habe ich überlegt, wann die beste Zeit für Kalifornien ist", sagte Hartmut, öffnete die Flasche, schenkte Wein in die Gläser und setzte sich neben mich.

In der letzten Zeit hatte er einige Male Kalifornien und Mendocino angesprochen und ich hatte scherzhaft erwähnt, erst Kalifornien, dann Laos, Luang Prabang. Begeistert hatte Hartmut zugestimmt.

Mich hielt der lange Flug nach Kalifornien zurück. „Wir sind gerade in München angekommen, wir haben Zeit", redete ich mich heraus.

„Na, ja, Zeit ist relativ. Wir müssen nicht sofort los, aber vielleicht im November oder Dezember. Ein neunzigtägiger Aufenthalt ist unproblematisch, ansonsten müssten wir ein besonderes Visum beantragen. Ich möchte gern mit dir in Mendocino sein. Es wird dich begeistern. Ich sehe uns bereits im „Mendocino-Café". Ferienwohnungen gibt es viele."

„Gehen wir es an", überwand ich meine Vorbehalte und fragte, wieviel eine Ferienwohnung für uns kostete.

„Nicht direkt am Pacific liegt sie um die eintausendfünfhundert Dollar pro Monat. Weil wir länger bleiben, mag es günstiger werden. Wenn du allerdings direkt am Meer wohnen möchtest, sparen müssen wir nicht. Ich bevorzuge das kleine Örtchen, um nicht so abgeschieden von der Welt zu sein."

„In einem Ort unter Menschen zu sein, würde mir auch mehr gefallen, als irgendwo allein in der Natur."

Am Abend sahen wir uns im Internet verschiedene Wohnungen in Mendocino City an und am nächsten Tag buchten wir einen Flug im November nach San Francisco für zwei Personen Businessclass.